Amelie **C.**
LAHOSZ

Amelie C. Vlahosz

Beth

ein Mädchen aus dem Slum

Roman

Bibliografische Information der Deutschen Nationalbibliothek: Die Deutsche Nationalbibliothek verzeichnet diese Publikation in der Deutschen Nationalbibliografie; detaillierte bibliografische Daten sind im Internet über dnb.dnb.de abrufbar.

Verlag: BoD · Books on Demand GmbH, Überseering 33, 22297 Hamburg, bod@bod.de
Druck: Libri Plureos GmbH, Friedensallee 273, 22763 Hamburg

ISBN: 978-3-8192-0819-5

Amelie C. Vlahosz

Beth

ein Mädchen aus dem Slum

Andere Bücher:

Happy Smile – Die Lüge im Gesicht

Eine falsche Wahrheit – Was geschah am 5. Juni?

Bis zum Tag, an dem ich es filmte

7 Blumen

Wo die Zeit beginnt

2089 – Es war einmal die Erde

Der Weg der zwei Gesichter

Blutzauber -die erste Auserwählte

Hexenzauber- die Geister der Verbliebenen

Schattenzauber – Die Kälte, die sie verfolgt

Lichtzauber – die letzte Schlacht

Für alle, die ein ähnliches Schicksal erleiden mussten.

Triggerwarnung

Dieses Buch behandelt die Themen: Mobbing, Misshandlung, Vernachlässigung, Depressionen, PTSD und Trauma, Selbstmord, Drogen- und Alkoholsucht sowie -missbrauch, Mord, Verlust, Verlustängste, Rassismus

Vergangenheit

Prolog

Es schneit, überall liegt die weiße Kälte. Es ist ein harter und tiefer Winter. Aber sie wurde zu dieser harten Zeit geboren. Ihre neue Mutter eine Drogenabhängige, ihr neuer Vater ein Alkoholiker. Sie hatten einst ein Haus, doch das haben ihre Eltern für Drogen verkauft, nur um ihre Sucht zu stillen. Aber egal, wie süchtig die beiden auch waren, ließen sie sich wenigstens einmal Zeit. Nur einmal, für ihre wunderschöne Tochter. Und da wirkte plötzlich auch der fallende Schnee wunderschön. Sie war ein Wunder. Ein kleines Wunder, welches es so eigentlich gar nicht geben würde.

„Wie soll sie heißen?", fragte ihr Vater voller Liebe und hielt seine Frau im Arm, die wiederum das kleine Mädchen im Arm hielt.

Sie drehte ihren Kopf zu ihm um. „Beth."

1

Es war ein Wunder, dass Beth mit Eltern wie ihren überlebte. Doch ihr Vater hatte eine Schwester, die sie öfters zu sich nahm, wenn ihre Eltern nicht mal mehr in der Lage dazu waren, sich um sich selber zu kümmern. Selber hatte sie keine Kinder, hatte eigentlich auch nie welche gewollt, doch konnte sie nicht mit ansehen, wie es ihrer Nichte mit solchen Eltern erging. Es hätte ihr so gut gehen können, doch bekam ihre Tante Krebs. Sie hatte nicht das Geld, um sich helfen zu lassen und es war ohnehin schon zu spät.

Die Tante von Beth starb, als sie zwei Jahre alt war. Beth wusste später nur durch Bilder und Tagebücher von ihr, die ihre Tante ihr hinterlassen hatte. Doch mit dem Erbe, zogen ihre Eltern ein und waren wieder für sie zuständig. Andere Verwandte konnten sich nicht um sie kümmern, ihre Tante, sie war wohl eine der letzten beiden Verwandten aus ihrer Umgebung. Und es bezieht sich auf das war. Aber sie hatte ihnen ein

Haus vermacht. Das erste, in dem das Mädchen lebte. Dadurch, dass sie bereits von ihrer Tante aufgenommen wurde und in der Gegend so viele Frauen mit Kindern wohnten, besuchte sie diese oft und ließ sich von ihren Nachbarn helfen. Diese kannten Beths Situation und nahmen sie daher auch nach dem Tod ihrer Tante oft zu sich, wenn ihre Eltern – wie so oft – wieder nicht in der Lage dazu waren, sich um sie zu kümmern.

Sie waren eine der wenigen weißen Familien, denn das Haus lag im Slum. Aber Beth hatte dennoch eine lustige Zeit. Sie spielte viel mit den Kindern. Ihre besten Freunde waren schwarz – sie war so gesehen sogar Teil ihrer Familie, da sie sich mehr um Beth kümmerten, als ihre eigene Familie. Aber eine Freundin von ihr war weiß, lebte allerdings nicht direkt im Slum. Zusammen in die Schule gingen sie aber alle, wenn sie so früh eingeschult wurden.

„Beth, hast du wieder kein Essen bekommen?", fragte die Mutter von Liam, ihrem besten Freund. „Du siehst ja halb verhungert aus. Wir hätten dich die Woche über doch zu meiner Schwester mitnehmen sollen." Sie ging zu ihrer so gesehenen Ziehtochter, nahm sie bei den Schultern und begutachtete sie von allen Seiten.

„Sie waren nicht zuhause. Ich habe mich nicht aus dem Slum getraut, ich wollte nicht, dass die Polizei mich sieht. Aber die anderen waren auch nicht da oder hatten selber nicht genug oder waren ebenfalls mit Drogen zu oder von der Polizei mitgenommen worden." Mit den anderen meinte sie ihre anderen Nachbarn und Freunde, die sich ebenfalls um sie kümmerten.

„Und da sagen die was davon, dass Weiße so viel besser wären. Dabei können sie sich nicht mal um ihre eigenen Kinder kümmern." Sie sprach eher zu sich selber, aber sie verstanden es dennoch.

Wie beim Realisieren, schüttelte sie ihren Kopf und zog Beth an den kleinen Küchentisch. „Komm erstmal, du bist doch schon halb verhungert, du möchtest jetzt bestimmt erstmal etwas essen."

Beth nickte, es wäre eigentlich eifrig, doch sie war zu schwach.

Liam schob ihr seinen Teller hin, während seine Mutter einen neuen holte. Zusätzlich holte sie Beth eine Flasche Wasser. Sie kannten dieses Szenario bereits.

„Kann ich heute Nacht hier schlafen? Ich habe gehört, dass es diese Nacht besonders kalt werden soll und die Heizung funktioniert nicht." Beth schluckte, fragte kurz und aß schnell weiter.

„Ja, natürlich." Sie sah zu ihrem Mann, der in

diesem Moment durch die Tür kam. Er wäre überrascht gewesen, doch er dachte sich bereits, dass sie da sein würde. Dennoch versuchte er wenigstens etwas überrascht zu klingen. „Hallo, Beth. Schön, dich zu sehen." Er hing seinen Hut und seine Jacke an den Kleiderständer, zog seine Schuhe aus, lief zu ihr und nahm sie kurz in den Arm. Er hatte sie bereits als seine Tochter anerkannt, als sie als kleines Kind bei ihnen war, als Beths Tante ihnen erzählt hatte, dass sie sterben würde und Beth jemanden brauchte, der sich um sie kümmerte – aus ihnen allen bekannten Gründen.

Er ging mit seiner Frau in die Küche, die ihn besorgt ansah. Kurz sahen sie nochmal zu Beth und ihrem Sohn, um sicher zu gehen, dass die beiden sie nicht hören konnten. Sie sprachen möglichst leise, um auch ja nicht zu riskieren, dass die beiden doch noch auf sie aufmerksam wurden.

„War sie die ganze Woche alleine?", wollte er von seiner Frau wissen.

„Ja. Es ist Winter, wir können sie nicht wieder nach Hause schicken. Sie erfriert noch. Sie sagte, die Heizung funktioniert nicht. Die beiden haben bestimmt die Rechnungen wieder nicht bezahlt. Ich gehe davon aus, dass sie auch kein Strom und kein fließendes Wasser hat. Wer weiß, wann sie sich das letzte Mal waschen konnte."

Er nickte. „Ihr Bett ist ja sowieso schon gemacht."
Da sie so oft bei ihnen war, hatten sie ihr ein Bett mit Bettwäsche, und auch eine kleine Kommode mit Wechselsachen, besorgt. Von ihren Eltern bekam sie derlei Sachen nicht.

„Wir sollten sie wirklich lieber adoptieren." Er sah Beth an, die mit Liam zu reden und lachen angefangen hatte. Ihm ging durch den Kopf, wie jung sie noch war.

„Nein, wir haben da schon oft genug drüber gesprochen. Ein weißes Kind, in einer schwarzen Familie und das in unserer Gegend. Das würde niemand zulassen. Und wenn sie von ihr erfahren, dann nehmen sie sie ihr weg – und damit uns. Wie es jetzt ist, ist es für sie am besten. Wer weiß, wo sie sonst noch landet." Ihm war klar, was seine Frau meinte. Er war selber in einer Pflegefamilie, mehreren. Es gab wirklich genug furchtbare Menschen, die für ein wenig extra Geld Kinder leiden ließen.

Frustriert seufzte er. „Hat sie gesagt, wann ihre Eltern das letzte Mal bei ihr waren?"

Sie schüttelte ihren Kopf.

„An ihren Geburtstag werden sie doch wenigstens denken?"

„Das ist doch der einzige Tag, an dem sie an sie denken."

„Damit haben sie dann ein fünftes Mal an sie gedacht. Da schlagen sie ja wirklich jedes Jahr neue Rekorde."

„Hör auf, sowas zu sagen."

„Aber es ist nun mal die Wahrheit!"

„Tsch, nicht so laut." Sie sahen zu den Kindern, ob sie etwas gehört hatten, doch die beiden waren so sehr miteinander beschäftigt, dass sie nichts mitbekamen.

„Sie ist ein wundervolles Kind. Die beiden haben sie gar nicht verdient." Er sah wieder zu den Kindern, wirkte beinahe verzweifelt.

Schnell nahm sie ihren Mann in die Arme, ihr ging es dabei nicht anders.

„Wenigstens hat sie uns und die anderen."

„Wenigstens das."

Ihre Eltern dachten an ihren Geburtstag, waren jedoch nicht gerade nüchtern.

„Meine Kleine! Hier, alles Gute zum Geburtstag." Ihre Mutter kam zu ihr und umarmte sie von hinten. Sie tauchten einfach bei Liam und seiner Familie auf. Ihnen war klar, dass Beth bei ihnen war. Sie kamen einfach rein, sobald die Tür geöffnet wurde, sahen ihre Tochter mit dem Rücken an sie gewandt. Beth wurde ein abgewetzter Teddy hingehalten. Ihm fehlte ein Auge, einzelne Stellen waren aufgerissen, er war voller Dreck und stank entsetzlich.

„Mommy!" Beth sprang voller Freude auf und umarmte ihre Mutter, ihr Vater versuchte dagegen noch taumelnd in das Haus zu kommen. Benommen hielt er sich an dem Türrahmen fest und richtete sich langsam auf, bevor auch er eintrat. Sie sprang auf ihn zu und umarmte ihn ebenfalls. Wenn er nicht rechtzeitig von Liams Vater festgehalten worden wäre, dann wäre er wahrscheinlich umgefallen. Er gab unverständliches Gemurmel von sich.

Liams Eltern sahen einander besorgt an, sein Vater wirkt sogar ein wenig sauer. Seine Frau schüttelte jedoch nur leicht mit ihrem Kopf. Er sollte nicht vor den Augen ihrer Tochter böse auf ihre Eltern werden, nicht an ihrem Geburtstag.

„Mein Schatz, ganze vier Jahre alt bist du schon!" Ihre Mutter war besetzt von Glück, die Drogen hatten ihren Kopf bereits völlig eingenommen.

„Sie ist fünf", korrigierte Liams Vater sie ernst. Seine Frau kam zu ihm und legte eine Hand auf seine Schulter. Sie konnte spüren, wie er zitterte.

„Mein Schatz, mein kleiner Schatz, wie schön es ist, dich zu sehen."

„James", sagte Liams Mutter warnend, als sie bemerkte, wie sich seine Hände zu Fäusten ballten und seine Zähne knirschen hörte.

„Nein, es reicht jetzt langsam mal", meinte er zu seiner Frau. Er konnte es nicht länger ertragen. Er stand auf. Beths Vater lag auf dem Boden, konnte sich selber nicht aufrecht halten nachdem James ihn abgesetzt hatte. „Wenn Sie sich wirklich darüber freuen würden, sie zu sehen, dann würden Sie öfter zu ihr kommen und sich mal um sie kümmern; Verantwortung übernehmen, statt sie sich selbst zu überlassen!"

„Wieso denn das? Sie scheint doch gut alleine zurecht zu kommen." Ihre Mutter sah verwundert aus.

„Alleine? Sie ist fünf! Sie ist heute fünf geworden! Und wenn wir uns nicht um sie sorgen würden, dann würde es niemand tun! Alle hier kümmern sich um Beth, nur Sie – ihre eigenen Eltern – schaffen es nicht, sich um sie zu kümmern!"

„Schatz, beruhige dich wieder, sie verstehen das in ihrem Zustand sowieso nicht und die Kinder sehen uns gerade zu", versuchte seine besorgt hin und her sehende Frau, die Situation zu beruhigen.

Er sah seinen Sohn und Beth an, die verwundert aber auch ein wenig verängstigt aussahen. Sie verstanden die Situation nicht so recht.

„Wir sollten wohl lieber gehen, Liebling, wir sind bei unserer eigenen Tochter wohl nicht länger willkommen. Komm schon, steh auf." Sie lief zu ihrem

Mann.

Beth stand auf und hatte Liams Hand gegriffen. Sie fühlte sich so, als bräuchte sie jemanden, der sie hielt, wie eine Art Beschützer, denn mit der Situation, wie sie war, war sie maßlos überfordert.

Ihr Vater blieb liegen, schien kurz vor der Bewusstlosigkeit zu stehen.

„Jetzt steh auf!", wurde Beths Mutter lauter und zog und trat sogar nach ihrem Mann.

Beth zuckte zurück, als sie die wütend klingende Stimme ihrer Mutter durch das Haus hallen hörte. So hatte sie sie noch nie erlebt, immer nur lächelnd und gut gelaunt.

„So habe ich das überhaupt nicht gesagt! Ich habe das komplette Gegenteil gesagt! Ihr sollt bei ihr bleiben! Euch um sie kümmern!" James griff nach dem Arm von Beths Mutter, doch die wurde dabei nur hysterisch. Sie floh aus dem Haus und ließ ihren Mann einfach liegen.

Beth standen die Tränen in ihren Augen. Liam nahm sie in seinen Arm und zog sie hinter sich her in sein Zimmer. Liams Mutter hatte ebenfalls Tränen in ihren Augen und hielt sich ihre Hand vor den Mund, lief unruhig im Zimmer rum und stemmte eine Hand in ihre Hüfte. James rutschte benommen die Wand hinab und ließ seinen Kopf hängen. Die Kälte des Winters wurde vom Wind durch die offene Tür in das

Haus geweht. Diese Kälte hatte sich in Beths Herz festgesetzt und dafür gesorgt, dass sie diesen Tag niemals vergessen würde.

Dieser Tag war der erste in Beths Leben, der eine Spur hinterließ; einen dunklen Riss, der zeigte, dass doch nicht alles so toll war, wie sie dachte.

Sie musste in ihrem jungen Leben vieles durchmachen, versuchte immer, durch zu kommen, war dankbar, dass sie so viel Unterstützung und Hilfe bekam.

Durch diese Menschen, ihre Freunde und Familien, war es für sie dennoch so, als würde sie nur Gutes kennengelernt haben. Das Leben empfand sie als glücklich und schön, selbst, wenn sie es schwer hatte. Sie dachte immer positiv, wusste sich selbst zu helfen – oder zu wem sie gehen konnte, wenn sie es selber nicht schaffte.

Wenn ihre Eltern da waren, dann wurde ihr über all das Schlechte in der Welt berichtet. Ihre Eltern waren ein schlechter Einfluss. Sie erzählten von Morden, von der Polizei, die mehr als rassistisch war, ob sie nicht lieber woanders hinwollten. Sie hörte auf all das nicht, verstand es ja kaum.

Und dann ging es von diesem Tag an nur noch Berg ab. Auf diesen Tag, folgte der nächste Tag. Ein Tag mit einem ganz besonderen Vorfall, der für sie die Welt, wie sie sie kannte, auf den Kopf stellen sollte.

„Gib mir den Dino, Liam!", sagte Beth, nachdem sie ein Haus aus Stöcken für das kleine Plüschtier gebaut hatte.

„Wozu? Das ist meiner!"

„Ich weiß, aber ich habe ein Haus für ihn gemacht! Ich will wissen, ob er reinpasst."

Ihr Freund sah sie skeptisch an, gab ihn ihr aber dann dennoch.

Beth legte den Dino in das Haus und freute sich, als sie sah, dass er passte. „Guck! Er passt! Jetzt hat er ein Haus! Das kannst du mitnehmen!"

Er wollte sich gerade bedanken, als ein lauter Schrei und dann Sirenen ertönten.

Erschrocken sahen die beiden Kinder nach oben, weg von ihrem Spiel.

„Die Polizei! Komm, schnell rein!", rief Beth, die auf ihren Beutezügen oft die Töne der Sirenen erklingen hörte und dabei immer Herzrasen bekam. Es hätte ja sein können, dass sie wegen ihr da waren. Sie rannte dann immer schnell weg, sah dann aber meist, dass es nicht wegen ihr, sondern wegen der anderen war, die Drogen verkauften oder Diebstähle, bis zu Körperverletzung oder sogar Mord verübten. In ihrer

Gegend kam fast täglich ein Auto, weil sich irgendjemand über die Gegend beschwerte oder einfach nur wegen ihres schlechten Rufes.

Die Kinder schnappten sich ihre Spielsachen und rannten in das Haus hinter ihnen – Beths Haus, bei welchem sie immer spielten, wenn sie Ruhe vor den Erwachsenen haben wollten, da dort fast nie jemand war. Sie schlossen die Tür hinter sich und sprangen auf das Sofa, von wo aus sie aus dem Fenster, direkt auf die Straße sehen konnten, versteckt hinter einem Vorhang. Ein großer Mann rannte die Straße lang. Schwarz. Wie die meisten in dieser Gegend. Ein lauter Knall ließ die Kinder zusammenzucken. Krachend fiel der Mann zu Boden. Der Knall kam von einer Pistole. Der Beifahrer im Polizeiauto hatte auf den Mann geschossen. Einen Augenblick sahen die Kinder erstarrt zu, was als nächstes passierte.

„Warum haben sie das gemacht?", wollte der Junge wissen.

„Na weil er schwarz ist. Hat bestimmt geklaut oder Drogen genommen." Sie sagte es einfach so dahin, wie es ihre Eltern ihr gesagt hatten, als sie davon erzählten, wie ein schwarzer Junge vor ihnen erschossen wurde, weil er beim Drogenverkauf erwischt wurde und danach wegrannte.

Der Junge sah sie mit großen Augen an. „Werden sie mich jetzt auch erschießen?"

Erschrocken drehte sie sich zu ihm um. „Was? Nein! Du bist doch nur ein Kind! Warum sollten sie das tun? Du hast doch gar nichts getan."

„Aber ich bin doch auch schwarz!"

„Aber Kindern werden die schon nichts tun! Und grundlos schießen die auch nicht einfach mal so auf Leute." Sie sah zwar ganz ernst zu ihm, aber als sie sich wieder zum Fenster drehte und den verblutenden Mann sah – der kurz zuvor noch Blut gespuckt hatte – wurde sie sich unsicher. Ihre Augenbrauen zogen sich zusammen und ihr Herz schlug schneller. *Hoffe ich zumindest.*

2

Sie ging mit ihren Freunden in die Schule. Da sie keinen Kindergarten in ihrer Umgebung besaßen, wurde Beth bereits mit ihren frischen fünf Jahren eingeschult, ihre Freunde dagegen mit ihren späten fünf, fast sechs Jahren. Beths Mutter war gerade so in der Lage gewesen, das Formular auszufüllen und zu einem Gespräch in die Schule zu kommen, bei der Einschulung war sie jedoch nicht anwesend und ihr Vater war wegen seines Alkoholmissbrauchs im Krankenhaus gelandet. James und seine Frau hatten ihr etwas geschenkt und sie mit zu sich genommen. Auch am ersten Schultag haben sie sie mit in die Schule gebracht.

Eine Schule im Slum, bedeutet eine Schule voller Gewalt. Wer in die Schule wollte, wurde daher auf Waffen kontrolliert und da war dann auch das Alter egal, besonders in einer Schule, in der es von der ersten bis zur sechsten Klasse ging. Wo doch das Vorurteil herrschte, dass sie besonders in diesem

Alter mit Gewalttaten und Mord anfingen.

Viele der Mädchen fühlten sich unwohl, da es nur Männer beim Abtasten gab. Beth war daher froh, dass bei ihr die Frauenprobleme noch nicht vorhanden waren und sie noch ein paar Jahre Zeit dazu hatte.

Beth war mit Liam auf den Weg zur Schule, sie war nicht weit von ihrer Straße entfernt.

In der Schule lernten sie, wie sie überleben mussten. Die anderen Kinder waren gemein und verlangten furchtbare Dinge von ihnen.

Ein Junge wollte Liam mit seinem Kopf in die benutzte Toilette stecken, weil er ihm nicht sein Brot geben wollte. Beth hatte es sofort mitbekommen.

„Hey, Volltrottel!" Sie sah den Jungen finster an, der gerade ihren besten Freund am Nacken packte, um ihn in die Schüssel zu tunken.

Der Junge lachte sie nur aus und ließ von Liam ab. Seine beiden Freunde fingen ebenfalls an zu lachen, blieben aber neben Liam stehen und hielten ihn an seinen Armen fest.

„Was glaubst du eigentlich, wer du bist? Ein kleines, weißes Mädchen. Glaubst wohl, dass du über uns stehst, was?"

„Es scheint mir eher so, als würdest du glauben, dass du über uns stehen würdest. Oder hattest du da gerade nicht vor, Liam ins Klo zu stecken, mit seinem Kopf?"

„Sei mal lieber nicht so frech, sonst zeig ich dir eine ganz andere Seite von mir." Er kam noch ein paar Schritte näher auf sie zu, versuchte dadurch bedrohlicher auszusehen. Doch das ließ sich Beth nicht gefallen.

Sie ging ebenfalls näher auf ihn zu, bis nur noch wenige Schritte sie voneinander trennten. Er war größer als sie, musste dementsprechend auch älter sein. Jeder war immerhin älter als sie. Und jeder war auch größer.

„Da du ja jetzt bereits ein Arsch bist, kann es ja nur eine gute Seite sein, oder irre ich mich da?" Sie überkreuzte ihre Arme und sah ihn angriffslustig an. Sie war vielleicht kleiner, doch war es allseits bekannt, dass besonders die kleinen, meist die Gefährlichsten waren.

Die Hände ihres Gegenübers ballten sich zu Fäusten. Er konnte es nicht fassen, wie sie sich aufspielte und nicht einen Funken Furcht zeigen ließ. Und dann gab sie auch noch so freche Antworten. „Dir werde ich es schon noch zeigen! Du weiße Schlampe!"

Es entstand eine Rauferei. Liam sah schockiert

dabei zu, versuchte sich aus den Fängen der beiden stärkeren Jungen zu befreien, doch sie lachten nur darüber.

Mike kam rein, ein Freund aus der Nachbarschaft. Ein enger Freund von Beth und Liam. Er sah, was da vor sich ging, war erst schockiert, rannte dann jedoch los, um einem Lehrer Bescheid zu geben.

„Los! Hinterher!", rief der Junge einem seiner Freunde zu, damit ihn niemand zur Rechenschaft ziehen konnte.

Beide rannten los, ließen von Liam ab. Seine Arme schmerzten und er stöhnte kurz auf, als das Ziehen plötzlich nachließ. Er strich sich über seine Arme, setzte sich vom Boden auf, auf welchen er beim Loslassen gefallen war und versuchte sich aufzurichten. „Lass sie in Ruhe!", schrie er den Jungen an.

Seine Aufmerksamkeit zog von Beth auf Liam. Er grinste. Beth hielt er am Kragen und drückte sie gegen die Wand. Blut floss aus ihrer Nase, doch ihm hatte sie auch ein paar Schläge zusetzen können und auch nach ihm getreten hatte sie.

„Warum sollte ich? Sie hat mich provoziert und jetzt wird sie schon sehen, was sie davon hat. So eine große Fresse, wie sie hat. Der kleinen Schlampe hätte schon viel eher jemand das Maul stopfen sollen." Er wollte das, was er sagte, nicht einfach so dastehen lassen, daher zog er seine Faust für einen Schlag, in ihr Gesicht, nach hinten. Doch ehe sie der Schlag treffen konnte, kam auch schon jemand durch die Tür des Jungenklo.

„Was ist denn hier los?" Eine Lehrerin kam durch die Tür. Ihre dunklen Locken schwangen wild umher. Durch die Brille sah sie die beiden ernst an. Sie war zwar kleiner, als die üblichen Frauen und war dafür ein wenig breiter, wie es meistens bei den Frauen mit getönter Haut der Fall war, doch anlegen sollte man sich mit dieser Frau lieber nicht. Das konnte man auf den ersten Blick erahnen. Nicht nur erahnen, sondern wissen.

„Wir haben nur ein wenig … Spaß. Meinst du nicht, du kleine Schlange?", meinte der Junge und ließ Beth langsam runter, die immer noch seine Handgelenke umgriffen hatte.

„Wie sprichst du denn? Legst du dich immer mit kleineren an? Das ist ganz schön schwach von dir. Wie heißt du, Kleiner?"

„Mein Name ist Max Brown und diese kleine Ratte" Mit einem Nicken in Beths Richtung, deutete er, wen er meinte. „hat sich mit mir angelegt und nicht andersrum."

„Ich verbitte mir derlei Worte und jetzt lass sie endlich los!" Ihr Gesicht ließ keine Widerworte zu, ihre Stimme noch weniger.

Max ließ Beth los und hob beschwichtigend seine Hände, ein paar Schritte lief er schlendernd rückwärts. „Ich mache ja gar nichts, Frau Lehrerin." Ein leichtes Grinsen lag auf seinen Lippen und seine Augen funkelten leicht auf – was Beth nicht entging. Sie rieb sich ihren Hals und sah ihn mit ernstem und leicht bösem Blick an.

Liam rannte schnell zu ihr, nachdem er endlich wieder genug Kraft in seinen Muskeln verspürte. „Ist alles in Ordnung?" Er hielt sie an ihrer Schulter fest und sah Beth besorgt an.

Sie nickte nur. „Ja, geht schon wieder."

Von diesem Tag an, waren Beth und Liam, so wie ihre Freunde, die Feine von Max und seiner Gang. Sie stritten ständig und es kam öfters zu Prügeleien. Ein einziger Blick konnte dazu bereits ausreichen.

Während diese Lehrerin, Frau Smith, Beths Lieblingslehrerin wurde. Sie bekam schnell die familiäre Situation von Beth mit und unterstützte sie, wo sie konnte – ganz egal, ob schulisch oder privat. Wenn sie bemerkte, dass sie kein Schulmaterial hatte und Liams Eltern, oder andere aus der Nachbarschaft, es sich nicht leisten konnten, ihr es zu finanzieren, dann half sie ihr aus, besorgte ihr Stifte und Papier, sowie Bücher und Hefte. Damals bemerkte sie auch, dass Beth gerne Geschichten schrieb und Bilder zeichnete. Zu Beths Geburtstagen, Weihnachten und anderen Feiertagen, schenkte sie ihr immer wieder etwas, um Beths Leidenschaft zu unterstützen. Aber nicht nur Literatur und Kunst interessierte sie, sondern auch Musik. Zu ihrem sechsten Geburtstag bekam sie daher von Frau Smith eine Gitarre geschenkt. Sie brachte ihr das spielen bei.

Liam und Beth hatten neben Mike und Carly (dem anderen weißen Mädchen) noch zwei weitere Freunde. Mary und Cole. Die sechs spielten, lernten, sprachen miteinander.

Sie trafen sich manchmal bei Beth zuhause und erzählten ihren Eltern, dass sie bei jemand anderes von ihnen waren, wenn sie zusammen übernachten wollten, ohne nervige Eltern um sich zu haben.

In den Pausen saßen sie beisammen, tauschten ihr Essen untereinander oder gaben Beth etwas, wenn sie wieder nichts hatte.

Die sechs hatten eine feste und innige Bindung. Sie empfanden einander wie Geschwister. Sie vertrauten sich alles an, halfen sich aus jeder misslichen Situation raus, besonders, wenn Max wieder einen von ihnen schikanierte. Meist nahm er sich Liam vor, da er sehr schwach und leicht einzuschüchtern war.

Und außerdem wusste er, dass Beth da erst recht aufspringen würde. Er liebte es, sich mit ihr zu streiten und sie zur Weißglut zu treiben. Dieses kleine, weiße Mädchen, welches sich nicht unterkriegen lassen wollte und gegen das er einfach nicht gewinnen konnte. Aber er wollte gegen sie gewinnen, wollte ihr zeigen, dass sie sich nicht so aufspielen konnte. Beth war da jedoch anderer Meinung.

Zwei Jahre war sie bereits an der Schule, lernte schnell und war sogar Klassenbeste. Sie strengte sich unfassbar dolle an, versuchte alles, um die Beste an der ganzen Schule zu werden, mit einem großen Ziel in ihrem Leben: Nicht so zu enden wie ihre Eltern.

Und trotz der Schikanen und dass ihre Eltern fast nie da waren und wenn, dann high oder bedrucken, empfand sie es doch so, dass ihr Leben schön war. Dass es endlich besser wurde. Auch die Gewalt in ihrer Gegend, die Angst in irgendeine gefährliche Situation zu geraten, ließ sie nicht ihre fröhlichen Gedanken runterziehen, denn sie dachte sich, wenn man positiv denkt, würden auch positive Dinge geschehen.

Doch ab diesem siebten Jahr, folgend zu ihrem achten Geburtstag, sollte für sie eine Veränderung aufkommen, die ihr Leben für immer verändern ließ und den leichten Riss, der in ihr war, in einen Krater aufreißen. Danach sollte sie nie wieder so sein, wie sie war.

3

Beth bekam ein Schreibheft, ein Buch und ein paar Stifte von ihren Freunden und deren Eltern geschenkt. Frau Smith schenkte ihr ein Buch und neue Saiten für ihre Gitarre, da ein paar durchgerissen waren vom vielen Spielen. Liams Eltern hatten außerdem einen Kuchen für sie gebacken.

Es sollte eigentlich ein so schöner Tag werden, doch es wurde der erste Tag, den sie bis dahin, als den schrecklichsten Tag, in ihrem ganzen Leben bezeichnete.

„Beth! Beth, komm jetzt! Wir wollen los!", rief Mike ihr zu, der mit den anderen bereits rausgehen wollte. Nur Carly wartete mit Mary noch auf sie, bis sie die letzten Sachen in ihre ausgeleierte und bereits etwas löchrige Tasche steckte.

„Wir kommen ja gleich, lass ihr doch mal die Zeit,

immerhin ist sie hier das Geburtstagskind und nicht du!", kam es von Mary entgegen, die immer sagte, was sie dachte.

Mike verdrehte nur seine Augen und lief raus zu den anderen Jungen.

„Mensch, Beth, Mike scheint ja ein besonderes Auge auf dich geworfen zu haben", meinte Carly und stieß Beth leicht in die Seite, als sie sich aufrichtete und ihre Tasche über die Schulter warf.

Beth stolperte etwas überrumpelt ein paar Schritte zurück. Als sie die Worte ihrer Freundin realisierte, wurden ihre Wangen etwas heißer. „Das … Wir sind Freunde, natürlich werfen wir da ein Auge aufeinander", versuchte sie die Situation etwas weniger unangenehm zu gestalten.

„Aber nicht so, wie er es tut. In letzter Zeit ist da doch auch etwas zwischen euch im Gange. Was ist da los? Mögt ihr euch vielleicht ein bisschen? Oder vielleicht sogar noch mehr, als nur ein bisschen?" Mary sah sie mit hochgezogener Augenbraue an und grinste dabei ein wenig.

Beths Wangen fingen bereits an, sich zu färben. Es war ihr anzusehen, dass sie etwas für Mike übrighatte. Die beiden neckten einander ständig. Manchmal kam er abends zu ihr und klopfte bei ihr zuhause ans Fenster. Dann redeten sie noch miteinander, manchmal übernachtete er auch bei ihr.

Zuhause hielt er es nicht lange aus. Sein Vater fand keinen Job und war Alkoholiker, dazu noch ein Gewalttäter, beeinflusst vom Alkoholismus. Sein Bruder war Drogendealer und seine Mutter zu eingeschüchtert, um irgendwas zu unternehmen. Auch er wurde von der Nachbarschaft unterstützt. Nur kümmerte sich seine Mutter liebevoll um ihn und sorgte für warmes Essen. Wenn es Reste gab, dann gab sie Mike diese für Beth mit.

Ihr blieben die abendlichen Ausflüge und Übernachtungen ihres Sohnes nicht unentdeckt. Sie war zwar nicht mit diesen einverstanden, doch abhalten konnte sie ihn auch nicht – und insgeheim wusste sie, dass es an manchen Tagen auch besser war, wenn er nicht da war.

Sein Vater war nicht nur seiner Mutter gegenüber gewalttätig, sondern auch seinen Kindern. Seine Mutter hätte gerne etwas an der Situation geändert, doch sie hatte zu große Angst. Dass ihr älterer Sohn ihr sagt, dass er sie aus diesem Grund hasste, änderte jedoch nichts, es machte sie nur noch mehr fertig. Dass er wegen der Umstände, dass sein Vater keinen Job bekam, sich einen Weg gesucht hatte, für sie und seinen Bruder aufzukommen, das konnte sie sich nicht verzeihen. Sie wusste nur zu gut, was auf ihn wartete, wenn er von der Polizei erwischt wurde oder ein anderer darauf aufmerksam wurde und was dagegen hatte.

„Du wirst ja ganz rot." Carly fing an zu kichern.

„Stimmt ja gar nicht!" Beth sah sie empört an. Sie wollte es nicht so wirklich zugeben, doch es waren ja ihre besten Freundinnen, da konnte sie doch offen mit den beiden darüber reden. „Ich meine, es stimmt schon, dass ich mich – glaube ich zumindest – in ihn ein klein wenig verliebt habe. Aber was er für mich fühlt, das kann ich nicht genau sagen. Vielleicht fühlt er sich bei mir einfach nur wohl, weil ich ihn am besten verstehe. Von euch sind ... Niemand von euch muss zusehen, wie es im Kopf der Eltern nicht mehr klar läuft, weil sie von einer Substanz abhängig sind. Ich bin ganz froh, dass sie so selten da sind und sich irgendwo auf der Straße zudröhnen, statt bei mir zu sein und über andere gehässig zu sprechen. Mein Vater wäre auch gewalttätig, wenn er davon nicht zu weich auf seinen Beinen wäre.

Abgesehen davon, Mary, findest du Max doch ganz toll, obwohl er so ein gemeiner Schuft ist. Dich verstehe ich da überhaupt nicht."

„Sicher hat es auch etwas damit zu tun, aber er mag dich auch deinetwegen. Er liebt dich bestimmt genauso sehr, wie du ihn. Das sieht doch selbst ein blindes Huhn. Abgesehen davon, hat jedes Mädchen doch einmal diesen Moment im Leben, wo es auf böse Jungen steht. Gerade habe ich eben meinen Moment." Die beiden Mädchen hakten sich bei ihr unter.

„Sicher?" Sie sah sie mit hochgezogener Augenbraue an, als würde sie sie für verrückt erklären wollen, verwarf das Ganze dann jedoch ganz schnell. „Auch egal. Aber bitte sagt trotzdem nichts und macht auch keine Andeutungen und Witze." Sie musste es den beiden nochmal extra sagen, da sie ganz genau wusste, wie ihre Freundinnen bei so etwas waren. Sie hatte schon oft genug erlebt, wie sich die beiden über etwas lustig gemacht hatten, ob nun über sie oder jemand anderes – natürlich nie auf gemeine Art.

„Sicher nicht!"

„Danke. Könnt ihr schonmal vorgehen? Ich möchte mich gerne noch bei Frau Smith bedanken."

„Ist in Ordnung, doch mach nicht zu lange, sonst kommt Mike nochmal nachsehen." Carly griff nach Mary und rannte schnell lachend weg.

„Soviel zu keinen Witzen!"

„Das musste jetzt noch sein!", rief Carly noch schnell hinter sich, bevor sie beide völlig aus der Tür verschwanden.

Beth schüttelte nur ihren Kopf und stöhnte leicht frustriert auf. Wer solche Freunde hatte …!

Sie ging zu ihrer Lehrerin, die alles nur belustigt beobachtet hatte.

„Da habt ihr ja ganz interessante Sachen miteinander zu bereden gehabt." Sie lächelte Beth an, die nur wieder rot im Gesicht wurde.

„Haben Sie etwa alles mit angehört?"

„Aber sicher doch. Ihr wart immerhin die letzten hier und auch nicht besonders leise. Aber das ist in eurem Alter ja auch völlig normal." Ihre Lehrerin sah sie lachend und voller Wärme an. „Beeile dich lieber, nicht, dass du deine eigene Feier noch verpasst." Sie stand von ihrem Stuhl auf und umarmte Beth herzlich. Beth empfand es jedes Mal aufs Neue, als würde eine Leere in ihr gefüllt werden. Und immer wieder legte sich ein freudiges Lächeln auf ihre Lippen.

„Ich wollte mich nur bedanken, dafür, was Sie mir geschenkt haben. Ich kann das wirklich gut brauchen." Beth zeigte ihre Zahnlücke beim lächeln und umarmte nochmal kurz ihre Lehrerin, bevor sie ihren Freunden hinterherrannte.

„Beth, da bist du ja endlich, wir haben bereits lange genug gewartet." Liam hob theatralisch seine Arme. Normalerweise war er am geduldigsten von allen, aber bei Feiern und Geburtstagen, oder wenn sie irgendeinen Ausflug hatten oder ähnliches anstand, da wurde er immer ganz ungeduldig.

„Du tust ja beinahe so, als hättet ihr Stunden lang auf mich warten müssen." Beth verdrehte ihre Augen. In ihrem Inneren spürte sie ein Lachen aufkommen, doch das unterdrückte sie schnell, damit Liam sich nicht eingeschnappt verhielt.

„Es hat sich zumindest so angefühlt", meinte Cole gelangweilt, der nie besonders geduldig war. Er lehnte mit seinem Kopf und der oberen Hälfte seines Rückens und überkreuzten Armen an der Wand des Schulgebäudes. Ein Bein lag über seinem anderen. Sie waren die letzten an der Schule, die Wachmänner waren bereits vor ihnen gegangen.

„Gehen wir nochmal kurz bei Mike vorbei, um den Haufen Süßigkeiten zu holen, der bei ihm gebunkert ist?" Carly stand von der Treppe auf, auf der sie mit Mary gesessen hatte. Einen Arm hatte sie dabei über ihre Freundin gelegt gehabt, sowie ihren Kopf an Marys gelehnt. „Wer alles dafür stimmt, hebt die Hand." Zur Demonstration hob sie ihre.

Sofort stimmten alle zu und sie liefen los.

Es dauerte auch nicht sonderlich lange, bis sie bei Mike zuhause ankamen, jedoch erwartete sie etwas, womit sie nicht gerechnet hatten und ihre Entscheidung bereuen ließ.

4

Die Sirenen waren furchtbar laut, doch die Schüsse waren noch viel lauter.

Angst. Das war wohl das Erste, was Beth durch den Kopf ging. Die furchtbare Angst die sie in diesem Moment verspürte. Die Angst, ob sie sterben würde. Doch noch viel größere Angst hatte sie, dass ihr bester Freund sterben könnte.

Sie waren gerade um die Straßenecke gekommen, da hörten sie das laute Getöse bereits. Sie hatten nur Süßigkeiten gewollt, doch sahen stattdessen Mikes Bruder, wie auf ihn geschossen wurde, nachdem er vor der Polizei geflohen war. Ein anderer Dealer wurde bereits auf den Boden und wieder ein anderer gegen eine Hauswand gedrückt.

In dem Moment, als sie um die Ecke gebogen waren, flogen ihnen bereits die Kugeln um die Ohren. Mary schrie, eine Kugel hatte sie an ihrer Schulter erwischt. Liam traf eine am Bauch. Liam fiel dabei zu Boden und Blut kam aus der Wunde. Die anderen versuchten sich Schutz zu suchen. Beth fiel wie paralysiert neben Liam und versuchte seine Wunde abzudrücken. Tränen stiegen in ihre Augen.

„Bleib hier. Bleib hier!" Sie klang so verzweifelt, wie sie es in ihrem ganzen Leben noch nicht getan hatte. Ihre Hände waren ganz rot von dem ganzen Blut. Das Gefühl der warmen, dicklichen Flüssigkeit und dem starken Eisengeruch, ließ ihren Magen schaukeln. Sie fand es furchtbar.

„Beth …" Tränen standen auch Liam in den Augen. Er hatte so furchtbare Angst. Er wollte nicht sterben. Er wollte nicht, dass es so mit ihm endete. Sein ganzes Leben lag noch vor ihm. „Beth … ich habe Angst. Muss ich jetzt sterben?"

„Nein! Nein, nein, nein, nein. Du ... du bleibst bei mir, feierst mit mir meinen Geburtstag. Wir essen viele Süßigkeiten und den Kuchen, den deine Eltern wieder für mich gebacken haben."

„Aber … es tut so weh! Es tut so furchtbar weh!" Seine Schreie klangen so furchtbar, dass es sich in sie alle einbrannte.

Die anderen hörten seine Schreie. Carly hielt weinend ihre Hände vor ihren Mund. Cole hielt sie zitternd fest. Mike war zu geschockt, um irgendwie reagieren zu können. Mary versuchte dagegen sich in Sicherheit zu robben und drückte dabei die Wunde mit ihrer Hand zu.

Mikes Bruder wurde von dem Polizisten festgenommen, der nach ihm geschossen hatte. Er sah die angeschossenen Kinder und rief sofort nach einem Krankenwaagen. Beth sah ihn an, diesen Polizisten, der einfach ihren besten Freund; ihren Bruder angeschossen hatte. Und er wirkte nur ein wenig schockiert, als wäre er gar nicht dafür verantwortlich.

Der Schock saß tief in ihr. Doch dann sah sie das Schild mit dem Namen dieses Mannes und alles in ihr drehte sich. Sie wurde sauer, so unfassbar sauer auf diesen Mann.

Zumann.

Diesen Namen würde sie niemals wieder vergessen können. Niemals.

„Er hat mich angesehen." Beth starrte mit leeren Augen auf den Fußboden des Krankenhauses. Sie saß auf dem Boden an die Wand gelehnt. Ihr Herz war zerrissen, ihre Seele zerstört. Ihr fehlte ein Teil, ein wichtiger Teil. Sie hatte ihn verloren, so einfach. Immer noch klebte das Blut an ihr, welches sie wie wahnsinnig versucht hatte, von sich zu waschen. Die Haut an ihren Fingern hatte sie sich bereits aufgekratzt, von der starken Unruhe, die in ihr umherging.

Mike, Cole und Carly sahen sie an. Carly war völlig fertig, ihre Augen waren immer noch gerötet und ihre Hände waren noch etwas am Zittern.

Mary wurde noch versorgt, ihre Eltern drohten bereits mit Anwälten, auch wenn allen klar war, dass sie nicht das Geld dazu hatten. Auch nicht, um die Krankenhausrechnung zu bezahlen.

„Hat er etwas gesagt?" Mike wirkte düster, als hätte er die Waffe in der Hand gehabt.

„Er hatte Angst." Beth spielte an ihren Fingern rum. „Und Schmerzen." Die Tränen, die erst gestoppt hatten, fingen erneut an, sich in ihren Augen zu bilden.

„Diese miesen Scheißkerle. Sie haben ihn umgebracht!" Cole sprang von seinem Stuhl auf, nachdem er mit seinem Fuß unruhig gezittert hatte. Schnell lief er hin und her, er hielt es nicht länger aus, ruhig auf seinem Platz zu sitzen. Zu sehr wühlte ihn das Ganze auf.

Beth sah das Blut an ihren Sachen an, hörte die Stimme von Liam in ihrem Kopf, die Schreie seiner Mutter, als sie seine Leiche sah. Sein Vater, der einfach nur seine Frau halten konnte, um selber eine Art Sicherheit zu bekommen.

„Und jetzt soll ich dafür zur Rechenschaft gezogen werden, weil mir dieses blöde Balg in die Schussbahn gelaufen ist. Ich meine, hat das keine Ohren gehabt?

45

Ist das nervig." Der Polizist kam mit einem Kollegen um die Ecke gelaufen. Beth erkannte seine Stimme, sie hatte sich wie in ihr Gehirn geätzt.

Aus Reflex zuckte sie bei diesem Ton zusammen. Seine Worte schmerzten sie. Wie konnte er so über etwas so Schreckliches sprechen, was er zu verantworten hatte? Und dann nur, weil ...

„Je weniger es von diesem Abschaum gibt, um so besser. War wohl eher Glück, dass der mir da in den Weg gekommen ist. Zu blöd, dass es mit dem Mädchen nicht auch zu Ende gegangen ist, die wird mich sicher noch Nerven kosten. Die haben doch bestimmt auch zu der Bande gehört. Die werden doch bereits von ganz klein kriminell, diese Scheißkerle."

Beth kniff sich in ihren Arm, um nicht laut zu schreien. Es war völlig absurd, dass ein Polizist, jemand der für Recht und Ordnung, und damit einhergehende Fairness, sorgen sollte, Rassist war. Warum wurde jemand wie *er* von den oberen geschützt, während jemand unschuldiges wie Liam ... den Hass ohne weiteres abbekam, wegen etwas, für das er nichts konnte. Wegen etwas so ... unvorstellbarem. Einfach nur, weil er − nach der Meinung dieser *Menschen* die *falsche* Hautfarbe hatte. Dabei liebte Beth Liams Haut. Sie fand diese Tönung wunderschön, ganz nach seiner Mutter, ein schöner, heller Erdton.

Die beiden liefen den Gang lang. Zumann sprach hauptsächlich, während sein Kollege nur zuhörte. Zumann sah Beth, wie sie am Boden saß, wie verstört sie aussah. Vorsichtig lief er auf sie zu und hockte sich vor sie.

„Hey, Mädchen, alles gut, dir ist nichts passiert. Du hast nur einen kleinen Schock." Er legte eine Hand auf ihre Schulter.

Sie zuckte zurück, als hätte sie sich verbrannt. Beth sah nach oben, sah diesem Monster direkt in seine Augen. Ein stechend helles Blau.

„Einen Schock?" Sie sah ihn mit Tränen in ihren Augen an, eine lief ihre Wange hinab. „Ich habe keinen Schock!"

Mike lief zu Beth und stellte sich schützend vor sie. „Nimm deine dreckigen Finger von ihr weg!"

Zumann stellte sich wieder hin, um in seiner vollen Größe vor Mike zu erscheinen. „Hast du eine Ahnung, wer vor dir steht?" Seine Stimme klang tief und bedrohlich.

Zumanns Kollege stand ein paar Schritte hinter ihm und sah so aus, als würde er aufpassen, dass niemand das Szenario sah.

„Ein Mörder, der nicht einen Funken Reue übrighat, für seine Opfer." Mike versuchte sich größer zu machen, doch er war um einiges kleiner, als der große

Mann vor ihm. „Ich sehe ein Monster, das ins Gefängnis gehört, sich durch miese Geschichten davon jedoch fernhalten wird."

„Wage es ja nicht, so mit mir zu reden! Du solltest besser mal nachdenken, auch wenn das eures Gleichen schwerfällt. Ihr seid Abschaum."

Beth sprang auf und schlug gegen den Polizisten. „Lass ihn in Ruhe! Er sagt nur die Wahrheit!"

„Schnauze!" Er packte Beth am Arm, dass sie zu schreien anfing. Da kamen auch Cole und Carly dazu und versuchten ihn von ihr loszubekommen. Der andere Polizist zuckte nur kurz zusammen, unternahm jedoch nichts dagegen.

Mike stieß ihn weg, damit er Beth losließ. Daraufhin packte Zumann Mike am Kragen und stieß ihn gegen die Wand. Leicht hob er ihn vom Boden ab. „Spann den Bogen nicht zu weit und kenne deinen Platz", zischte er ihm zu, ehe er ihn fallen ließ und seinem Kollegen deutete, mitzukommen.

Mike röchelte. Seine Augen tränten und er sah Zumann finster hinterher.

Carly brach wieder in sich zusammen und fing laut zu weinen an.

Es war ihr Geburtstag. Es sollte einer der besten Tage in ihrem Leben werden. Ihre Geburtstage waren immer die besten Tage in ihrem Leben. Doch nun würde sie immer wieder daran erinnert werden. Die schönsten Tage ihres Lebens, sie würden nun immer diesen dunklen Schatten mit sich tragen. Sie würden sie immer wieder daran erinnern, wie ihr bester Freund, ihr Bruder, die andere Hälfte ihrer Seele, in ihren Armen starb.

5

Marys Wunde am Arm verheilte, doch das Trauma, welches sie davon erlitt, heilte niemals wieder.

Beth schlief in Liams Bett. Es beruhigte sie und nur so fühlte sie sich ihm ganz nah.

Zu Liams Beerdigung hatten sich die übrigen Freunde an seinem Grab versammelt, als die Trauergemeinschaft bereits weitergezogen war. Sie haben sich geschworen, niemals der Polizei zu vertrauen und sie zu hassen, bis auf den Letzten. Das bedeutete auch, dass sie niemals die Polizei anrufen würden, wenn etwas geschehen sollte, denn für sie, waren die Polizisten die wahren Verbrecher.

Liams Eltern gingen vor Gericht, ruinierten sich dabei jedoch selber. Der Richter stand für Zumann ein, der ja noch eine Familie, einen Sohn hatte. Beth empfand das als äußerst unfair, doch nach ihrer Meinung fragte ja niemand.

Mary sollte in Therapie, doch ihre Eltern konnten es sich nicht leisten, weswegen sie nur den

Schulpsychologen hatte, der auch nicht immer da war. Abgesehen davon, war der Schulpsychologe der einzige, in ihrer Umgebung. In solch einer Gegend, gab es nur selten gesundheitliche Unterstützung, besonders nicht psychische. Wer sollte es sich auch leisten können?

Beth lag wieder im Bett von Liam, mit einem seiner T-Shirts im Arm, um seinen Geruch aufnehmen zu können, als wäre er wirklich noch da.

Ein Schicksalsschlag, der sie immer verfolgen würde, der dafür sorgte, dass sie nur einen Polizisten sehen musste, um Hass zu spüren – und Angst um ihre Freunde. Ihren Freunden, denen es nicht anderes erging.

Beth hörte, wie die Haustür aufging. Liams Eltern waren zurück. Sie konnte die beiden reden hören. Sie sprachen über ihre Situation, dass es nichts gebracht hatte, dieses Monster vor Gericht zu bringen. Und dass sie nun völlig Mittellos waren. Sie waren bankrott, es hatte sie völlig ruiniert.

„Es geht nicht mehr. Wir müssen umziehen, wir können uns das Haus einfach nicht mehr leisten; wir müssen es verkaufen."

„Ich weiß das, ich sehe unsere Rechnungen und ich weiß, dass wir keine Ersparnisse mehr haben."

„Wir müssen uns etwas Neues suchen."

„Was wird dann aus Beth? Sie hat doch niemanden mehr."

„Die anderen kümmern sich um sie."

„Sicher, aber nicht so, wie wir es tun. Sie wird nur bei sich zuhause übernachten können. Was wird sie im Winter tun? Die anderen haben selber nicht genug, die Zeiten werden immer schwerer. Und nun müssen sie auch noch Mikes Familie irgendwie unterstützen, nun, wo sein Bruder im Gefängnis sitzt. Und Marys Eltern sind immer noch mit der Krankenhausrechnung in Schwierigkeiten. Und Cole und Carly ... Sie haben das auch noch nicht verwunden."

„Wir müssen mit ihr reden. Warum nehmen wir sie nicht einfach mit?"

„Du weißt ganz genau, dass das nicht möglich ist." Trauer lag in ihrer Stimme.

„Wir sollten mit ihr reden. Sie ist doch bestimmt wieder da."

„Aber die Haustür war abgeschlossen."

„Du kennst sie doch, sie ist bestimmt wieder die Hauswand hochgeklettert und ist durch das Fenster rein. Wahrscheinlich liegt sie schon wieder in seinem Bett und denkt darüber nach, dass das nicht passiert wäre, wenn sie nicht mit ihm befreundet gewesen wäre. Dass er nicht wegen ihres Geburtstags in so eine Situation geraten wäre."

„Es ist so schrecklich. Sie ist so jung und musste etwas so Furchtbares erleben. Ich wüsste gar nicht, wie es mir ginge, wenn ich etwas Derartiges ... wenn ich das ... erleben ...

Er lag in ihren Armen. Weißt du noch, wie viel Blut an ihr geklebt hat? Wie sie zitterte?

Das Bild von ihm, wie das Blut ... und seine Worte ... und ..." Sie fing zu schluchzen an. Sofort nahm ihr Mann sie in seine Arme und versuchte, sie zu beruhigen.

Beth hatte alles mit angehört, traute sich jedoch nicht aus ihrem Bett. Sie konnte nur über ihre Worte nachdenken. Was würde nun aus ihr werden? Was war mit den anderen? Was war mit Liams Sachen, ob sie wohl ein paar behalten dürfte? Ob sie Liams Eltern je wieder sehen würde? Warum zogen die beiden nicht einfach bei ihr ein? Aber ihr war klar, dass das auch nicht möglich gewesen wäre.

Nach einer Weile hatten sich die beiden Erwachsenen beruhigt und gingen langsam die Treppe nach oben. Sie mussten sich dabei an dem Geländer festhalten, damit sie nicht erneut zusammenbrachen. Das folgende Gespräch würde für sie sehr schwer werden.

Es wurde an die Tür geklopft und dann, ohne auf eine Antwort zu warten, geöffnet.

Beth sah zu den beiden, es war bereits dunkel. Sie bewegte nur ihre Augen, aber sonst nichts; lag seitlich und ruhig in dem warmen Bett. Keinerlei Regung machte sich in ihr bemerkbar, bis Liams Mutter neben ihr saß und ihre Schulter streifte. Sie setzte sich auf und sah beide zurückhaltend an, wissend, was kommen würde.

„Werdet ihr wirklich gehen?" Sie fragte ganz leise und vorsichtig. Sie war sich so unsicher. Wen hatte sie denn sonst noch? Was hatte sie denn sonst noch? Ihre Freunde, ja, aber sie konnten ihr nicht diese Sicherheit geben, sowie die beiden.

Ihre Ziehmutter schwieg einen Moment, ihr Mann trat weiter ins Zimmer, war sich noch unsicher, was nun werden sollte. Dann kam er zu ihnen und er legte eine Hand auf die Schulter seiner Frau, zeigte ihr seine Unterstützung. Sie seufzte und lehnte sich mit ihrem Kopf an seinen Arm, ließ ihre Hand aber nicht von Beth ab, denn sie wollte ihr nicht ihren Halt nehmen, den sie selber ja auch von ihrem Mann brauchte. Kurz darauf wandte sie sich wieder Beth zu und fing an zu sprechen.

„Es ist so, dass wir kein Geld mehr haben. Wir können uns das Haus nicht mehr leisten. Das heißt, dass wir umziehen müssen und da du nicht unser

Kind bist, können wir dich leider nicht mitnehmen. Wir sagen dir, wo du uns finden kannst, sobald wir wissen, wo wir hingehen werden. Aber wir wissen noch nicht, ob es in der Nähe sein wird oder weiter weg. Du kannst immer zu uns kommen, wenn du irgendwelche Probleme hast und du sollst wissen, dass wir immer für dich da sind."

„Was wird mit Liams Sachen?"

Ihre Zieheltern sahen einander an, ehe sie wieder zu Beth sahen. „Nun ja, wenn du magst, dann kannst du dir natürlich nehmen, was du möchtest. Wir wissen ja, wie wichtig es dir ist. Wenn du möchtest, dann bringen wir sein Bett zu dir, dann hättest du wenigstens eins. Und was du sonst noch möchtest. Wir werden sowieso nicht alles mitnehmen können. Es wird wahrscheinlich nur ein kleiner Trailer werden."

Beth nickte kurz und umarmte dann die beiden. Sie kuschelte sich ganz eng an die beiden. „Ich werde euch vermissen."

„Wir dich auch. Und es tut uns so furchtbar leid, dass wir dich nicht mitnehmen können."

Niemand sagte mehr etwas, nur stumme Tränen liefen ihre Wangen hinab, denn sie wussten, dass es ein Abschied war. Vielleicht für immer.

6

Liams Bett stand nun bei ihr im Zimmer. Obwohl es in Liams Zimmer immer dunkel war, wirkte es dort wenigstens warm, doch bei ihr wirkte alles nur dunkel und kalt. In Liams Zimmer, in diesem Haus, gab es noch so viel Liebe und Wärme, doch in ihrem eigenen, da war sie alleine. Ihre Zieheltern waren nun vollends umgezogen, hatten ihr jedoch alles vorbeigebracht, was Beth noch gebrauchen oder sie nicht mitnehmen konnten. Sie versuchten ihr jede Form der Unterstützung zu hinterlassen. Ihnen war klar, dass sie sie sonst nicht mehr unterstützen konnten. Durch die Klage verloren sie nicht nur ihre finanziellen Mittel und ihren Wohnsitz, sondern auch ihre Arbeit. Sie fanden in ihrer Umgebung nichts, also mussten sie in einen anderen Bundesstaat ziehen. Somit waren sie für Beth nicht mehr so leicht erreichbar.

Essen bekam sie, aber es waren nur einfache Reste. Meist war es Mike, der sie besuchen kam und etwas vorbeibrachte.

Auch ihre Lehrerin versuchte sie zu unterstützen. Es lief gut, sie kam durch und sie musste sich weniger Sorgen machen, wie sie überleben sollte. Zumindest solange, bis sie elf wurde und an ihrer Schule die Sicherheitsmaßnahmen nachließen.

7

„Mike, kannst du mir hierbei helfen? Ich verstehe das irgendwie nicht so ganz." Carly beugte sich zu Mike rüber, Beth glaubte, dass sie sich für ihn interessierte. Sie verstand Mathe immer hin sehr gut und gab Beth Nachhilfe. Auch ihre Eltern kratzten Geld zusammen, damit sie schulische Unterstützung bekam.

Mike drehte sich zu ihr um, während Carly sich zu ihm vorbeugte und mit ihrem Bleistift auf die Aufgabe auf ihrem Blatt zeigte. Er erklärte es, als würde es ihn nicht sonderlich interessieren.

Beth sah kurz zu ihnen, ehe sie sich wieder ihrem Blatt zuwandte und zu schreiben begann. Bei diesem Verhalten, musste sie einfach mit ihrem Kopf schütteln. Cole sah es und musste grinsen.

Mary starrte die Wand an. Sie hatte sich noch immer nicht von der Schießerei und Liams Tod, sowie ihrer Verwundung, erholen können. Ständig hatte sie Albträume, dass auf sie geschossen wurde. Mehrfach wachte sie in der Nach schreiend und schweißgebadet auf, Tränen liefen ihr dabei immer wieder über die Wangen. Sie sprach ungern darüber. Daher übernachtete sie nur bei denen, bei denen sie sich wirklich sicher fühlte.

Der Rest hatte sich soweit damit zurechtgefunden. Eine seelische Wunde würde jedoch für immer für alle bleiben.

Ihre Lehrerin war gerade dabei, ihnen etwas an die Tafel zu schreiben, da hörten sie im Flur plötzlich, wie jemand schnell durch den Gang rannte. Frau Smith wollte bereits zur Tür und raus rufen, dass man nicht im Flur rannte. Als sie nach dem Griff der Tür fassen wollte, ging sie bereits auf und ein lauter Knall ertönte. Erschrocken sahen alle hoch, nur um Frau Smith voller Blut zu sehen. Sie schien es selber noch nicht richtig realisiert zu haben, da fiel sie bereits nach hinten um und hielt sich ihre Wunde. Ihre Augen waren ganz groß.

Beth sah schockiert aus, sie glaubte, dass das Ganze nur ein Albtraum sein konnte. Doch dann sah sie schon einen Jungen mit einer Waffe in den Raum kommen. Sie war wie eingefroren.

Mike war so weitsichtig, dass er schnell seinen Tisch, zum Schutz, umwarf. Carly verkroch sich ebenfalls schnell dahinter, Mary war wie versteinert. Mike sah zu Beth, wie sie nur nach vorne starren konnte. Schnell zog er sie zu sich runter und schützend an sich.

Tränen stiegen in Beths Augen, doch es kam kein Ton aus ihrer Kehle. Sie sah zu Cole und er sah zu ihr. Gerade wollte er zu ihnen springen, da ertönten erneut Schüsse und Schreie und sie sah zu, wie eine Kugel durch ihn schoss. Sie sah seinen Schock, sah wieder Liam vor ihren Augen. Es sah genauso aus, wie damals.

Ein Piepen ertönte in ihrem Ohr, das alles andere zum schweigen brachte. Wieder sah sie einen ihrer Freunde verbluten.

Sein Röcheln drang zu ihr durch. Die Schüsse stoppten, nur die Schreie der anderen waren noch zu hören. Das Piepen ließ nach und sie sprang aus der halb liegenden Position aus Mikes Armen auf und schoss zu Cole. Erst da bemerkten ihre Freunde, was geschehen war.

Um sie rum war Chaos. Alle versuchten rauszukommen. Neben Cole und Frau Smith gab es noch zwei andere, die angeschossen wurden. Ein Junge wurde durch einen Schuss durch den Kopf, bei dem Versuch zu fliehen, sofort erschossen.

Beth griff nach Coles Hand. „Nein, nein. Nein!" Blut drang aus seinem Mund, er röchelte, konnte nicht sprechen.

„Mann, Bruder, tu uns das nicht an. Das darfst du

uns nicht antun. Nicht du auch noch." Mike zog sich sein Hemd aus und drückte es auf die Wunde seines Freundes. Sofort spürte er, wie sich sein Hemd mit dem Blut seines Freundes vollsog. Nass und nach Eisen riechend.

Cole versuchte zu sprechen, doch es kam nur Blut aus seinem Mund gelaufen, so wie die Tränen aus seinen Augen.

Mary griff sich in ihre Haare, wippte vor und zurück, zog an ihren Strähnen und zog sich einzelne raus. Sie stand kurz vor einem Nervenzusammenbruch. Carly war zu starr, um irgendwie zu reagieren.

An diesem Tag verloren 15 Menschen ihr Leben, darunter zwei der wichtigsten Menschen in Beths Leben. Frau Smith und Cole.

Cole, der immer ein offenes Ohr für sie hatte, wenn sie nicht weiterwusste. Cole, der immer wusste, wie es ihr ging und als ihr emotionaler Anker diente. Cole, der ihr bester Freund wurde, nachdem Liam nicht mehr war. Cole, der heimlich von zuhause abhaute, um ihr etwas von seinem Essen abgeben zu können. In der Pause hatte er auch immer sein Essen mit ihr geteilt. Die anderen dachten bereits, dass zwischen ihnen romantische Gefühle entstanden wären, doch sie waren nur beste Freunde. Und erneut musste sie zusehen, wie ihr bester Freund verstarb.

Die zweite Person war Frau Smith, die für sie wie eine Tante oder Mutter war. Sie kümmerte sich um ihre schulischen Angelegenheiten, aber gab ihr auch ab und zu etwas Geld, wenn ihr sonst niemand etwas zu essen geben konnte. Sie hatte Beth immer beschützt. Sie hatte ihr die Fürsorge gegeben, die ihr mit Liam und seinen Eltern verloren ging.

Der Amokläufer war einer der Jungen gewesen, die von Max gemobbt wurden. Er hatte es einfach nicht mehr ausgehalten: Das Mobbing und die Folgen davon. Er konnte sich aus Angst nicht mehr auf die Schule konzentrieren, bekam deswegen schlechte Noten und Stress mit seinen Lehrern und Eltern. Durch den Stress wurde er tollpatschig, weswegen auch andere anfingen, sich lustig über ihn zu machen. Freunde hatte er keine mehr, mit dem Stress war er auch gereizt, da vergraulte er alle. Er bekam nur noch mehr Druck und sah nur das – den Amoklauf – als Ausweg.

Beth musste erneut zu einer Beerdigung, einer Beerdigung eines weiteren Freundes, der ihr so viel bedeutet hatte.

Beth stand an seinem Grab mit Carly und Mike. Mary wurde in eine psychologische Anstalt eingewiesen, weiter weg, da sie völlig durchgedreht war.

Sie waren die letzten an dem Grab. Trauerten, doch waren auch unfassbar wütend.

„Wie konnte das nur schon wieder passieren? Ich fasse es einfach nicht!" Mike schlug gegen das nächst liegende Objekt – einen sehr großen und scheinbar auch alten Baum.

„Es war die Schuld von Max. Wegen ihm ist er so durchgedreht. Er wusste, dass er etwas Falsches getan hat. Darum hat er sich am Ende doch selber erschossen. Hast du gesehen, wie er zum Schluss geweint hat, als die Polizei ankam und versucht hat, ihn zu beruhigen?" Carly sah Mike mitfühlend in die Augen.

„Dann sollten wir zu diesem Arsch gehen und ihn zur Rede stellen. Wer von euch ist dafür?"

Beth stand schnell auf und hob ihre Hand. „Dieser Mistkerl hat sich schon zu viel auf seinen Schultern zu Schulden kommenlassen, ohne je dafür zur Rechenschaft gezogen worden zu sein."

Mike und Beth schlugen ein und sahen einander dabei fest in ihre Augen, wie zu einem Schwur.

Carly stand ebenfalls auf, war sich jedoch noch etwas unsicher, bis sie die Blicke von Beth und Mike sah. Schnell sah sie ernst in den kleinen Kreis und schlug ebenfalls mit ein. Sie waren kein Kreis mehr, nur noch ein Dreieck. Und sie mussten etwas dagegen tun, dass sie nicht auch noch Mary verloren. Sie war die Einzige, die sie retten könnten. Sie hofften, dass sie die Unterstützung bekam, die sie brauchte. Sie war noch so jung, aber so verloren. Und es war Max seine Schuld, warum ihre alte Wunde so schrecklich weit aufriss und den Riss sogar noch weiter vergrößerte. Er sollte wissen, was er angerichtet hatte.

8

Sie wollten Max zur Rechenschaft ziehen, doch nach dem Amoklauf, kamen sie nicht mehr dazu. Die Schule wurde geschlossen. Sie wurden an andere Schulen versetzt und an ihrer neuen Schule war Max nicht.

Nach einem Jahr wurde Mary wieder entlassen. Sie war sehr ruhig, man merkte ihr an, dass sie nicht geheilt wurde. Doch nach den Ärzten, ging es ihr so gut, dass sie keine *Gefahr* mehr war.

An einem Abend hatte Beth bei Mary geschlafen. Sie konnte sehen, wie besorgt ihre Eltern um sie waren. Sie reagierte kaum, wenn sie angesprochen wurde. Beth hatte sie seit damals nicht mehr lächeln sehen. Manchmal ging Mary zu Coles Grab, um mit ihm über diesen Tag zu reden, dasselbe tat sie bei Liams Grab. So, als würden nur diese beiden, die gestorben waren, es verstehen.

Als beide zu Mary ins Zimmer nach dem Essen gingen, um sich zum Schlafen umzuziehen, sah Beth etwas, was sie nicht erwartet hatte.

„Mary, was ist das?" Beth deutet auf Marys Seite. Sie konnte nur etwas Kleines sehen, da Mary Beth mit dem Rücken zugewandt war. Als Mary nicht reagierte und schnell ihr Hemd überzog, lief Beth auf sie zu. Sie versuchte das Hemd hochzuziehen, doch Mary wehrte sich. Nur um gegen Beths Kraft doch zu verlieren.

Viele kleine, aber auch größere rote Streifen zeichneten sich auf Marys Bauch ab.

Erschrocken wich Beth zurück, zog dabei scharf ihre Luft ein. Sie wusste ganz genau, was es zu bedeuten hatte. Und es sah schrecklich aus.

„Mary, was hat das zu bedeuten?" Beth sprach ganz vorsichtig. Sie hatte Angst, sie zu verschrecken. Ganz sachte kam sie auf Mary zu, versuchte ihr zu zeigen, dass sie für sie da war.

„Nichts. Es ist nichts, wirklich."

„Das sieht mir aber nicht nach nichts aus. Mary, du kannst mit mir reden. Was ist los? Warum redest du nicht mit uns? Wir sind deine Freunde. Was du erlebt hast, das haben wir auch. Wir waren dabei! Ich habe sie in meinen Armen gehalten, war mit ihrem Blut getränkt! Ich habe ihre letzten Worte gehört! Glaubst du, dass das nicht auch für mich – für uns alle –

traumatisierend war? Warum glaubst du, dass wir es nicht verstehen würden? Glaubst du nicht, dass ich nicht mitbekomme, wie du zu Liam und Cole gehst und mit ihnen redest? Wir sind auch noch da! Rede mit uns! Wir verstehen es! Wir fühlen es! Glaubst du, dass uns das alles egal wäre?"

Mary zog sich weiter zurück. „Du hast recht", flüsterte sie leise. „Ich habe es nicht glauben können. Ihr geht weiter in eurem Leben, als hätten die beiden nie existiert. Aber das haben sie! Und sie waren mir wichtig! Ich kann nicht einfach ohne sie weiter machen! Das kann ich einfach nicht. Und du meinst wirklich, es verstehen zu können? Du hast sie doch nur ausgenutzt, wie uns alle, weil du selber keine Eltern hast, die sich um dich kümmern und sonst völlig alleine wärst!" Ihre Stimme wurde immer lauter und sie immer emotionaler.

In Beths Gesicht wandelte sich etwas. Als könnte sie diese Worte erst nicht glauben; nicht richtig verstehen, doch dann in ihrem Kopf durchdringen, es realisieren, verstehen.

„Wie kannst du nur so etwas sagen?" Beth hörte sich verletzt an. Sie konnte es einfach nicht glauben, dass Mary so etwas denken konnte.

„Es ist doch so."

„Liam war mein Bruder! Ihn sterben zu sehen, ihn sterbend in meinen Armen zu halten, seinen Mörder in die Augen sehen zu müssen und zu wissen, dass er dafür kein bisschen belangt wurde! Du hast ja keine Ahnung, wie schrecklich das war! Ich glaube dir, dass es für dich schrecklich war, das weiß ich nur zu gut. Doch du hast absolut keine Ahnung, wie es für mich war, wenn du so etwas behaupten kannst!"

An diesem Abend legte sich ein dunkler, tiefer Schatten über ihre Freundschaft. Und er sollte erst zu einem nächsten Schicksalsschlag verschwinden.

9

Als sie fünfzehn war, kam es zu ihrem nächsten Schicksalsschlag. Sie hatte es schwieriger gehabt, über die Runden zu kommen, seid zwei weitere ihrer wichtigen Ankerpunkte aus ihrem Leben verschwunden waren. Doch da sollte es nicht stoppen.

Mary war seit ihrem Streit wie verändert. Sie fing an zu lächeln, brachte sich mehr ein, war belustigt. Doch es wirkte seltsam. Die anderen glaubten, dass sie vielleicht einfach weiter machen wollte, das Vergangene Vergangenheit lassen. Doch Beth glaubte es nicht so recht, bis auch sie irgendwann daran glaubte. Für alle schien es plötzlich Besserung zu geben. Die Schule war nicht mehr so heruntergekommen, das Schulsystem war wie sonst im Standard. Sie mussten nicht mehr mit Kindern an die Schule gehen und sie wurden auch nicht mehr auf mögliche Waffen kontrolliert. Sie empfanden es auf jeden Falls als besser. Wenn man die Jugendlichen an der Schule fragen würde, dann würden diese sagen, dass ihre Schule heruntergekommen war.

Ab und zu kamen Marys Tiefphasen durch, wo sie merkten, dass sie ihr Sicherheit geben mussten, doch sie wurde immer munterer, so schnell. Niemand bemerkte es, sie fanden es nur etwas seltsam. Doch sie fanden es auch gut, zu sehen, dass es ihr anscheinend so viel besser ging.

Nur Beth versuchte hinter diesem Verhalten etwas zu finden. Da musste doch etwas sein. Das konnte nicht ... Irgendwas konnte doch nicht stimmen? Warum fing sie sonst an, Sachen zu verschenken und so viel Freude so plötzlich zu empfinden?

Sie waren gerade auf dem Heimweg. Mary wollte noch schnell was erledigen und verabschiedete sich von Carly, Mike und Beth. Beth sagte, dass sie noch einkaufen wollte. Ihre Mutter war letztens mit einer Überdosis bei ihr aufgetaucht und brauchte ein wenig Medizin. Doch bevor sie Medizin kaufen ging, folgte sie Mary heimlich.

Mary hatte Cole und Liam Blumen auf den Grabstein gelegt, wie immer, wenn sie sie besuchen kam. Ein

Ritual, welches sie mit diesem Tag beenden sollte und wollten, denn sie wollte Teil von ihnen werden.

Dieser letzte Tag.
Dieser letzte Moment.
Ein letztes Gespräch.
Eine letzte Geste.
Eine letzte Träne.
Ein letzter Atemzug.
Ein letztes Mal …
leben?
„Stopp!"
Erschrocken drehte Mary sich zu Beth um.
„Tu das nicht! Tu uns das nicht an. Wir haben schon zu viele verloren. Wir können dich nicht auch noch verlieren. Du bist uns zu wichtig."

Tränen traten in Marys Augen. „Ich weiß. Aber ich halte das einfach nicht länger aus. Ich kann das nicht. Ich bin nicht so stark wie du und ich werde es auch niemals sein." Sie ließ ihren Kopf nach unten hängen, sah direkt auf den Boden. Sie sah der Träne hinterher, die ihre Nasenspitzen runterfallen ließ und auf dem Boden aufkam.

„Was redest du denn da? Du bist stark! Du wurdest angeschossen und hast es überlebt. Und dann warst du auch bei einem Amoklauf dabei und hast auch das überlebt.

Du bist eine Kämpferin!
Eine Überlebende!
Siehst du das denn nicht?!" Tränen bildeten sich auch in Beths Augen.

„Nein, du irrst dich.

Es tut mir leid, was ich damals zu dir gesagt habe. Ich bin die, die euch nur ausgenutzt hat. Ich habe mich einfach an euch drangehangen.

Aber weißt du was? Ich war immer neidisch auf dich.

Ich war so furchtbar zu dir, weil ich nicht so stark sein konnte, wie du."

Beth unterbrach sie nicht, hörte ihr einfach nur zu und hielt auch etwas Abstand, um sie nicht zu verschrecken. Doch ihr Blick war ernst und jedes von diesen Worten, löste etwas in Beth aus. Ihr Augenbrauen waren fest aneinander gezogen.

„Es tut mir so leid. Bitte verzeih mir. Aber ich kann das nicht länger. Ich habe es wirklich versucht. Aber ich bin gescheitert. Ich merke doch, wie auch ihr unter mir leidet. Wie ihr euch immer zu um mich kümmern müsst, weil ich selber einfach nicht mehr kann. Weil mir der Antrieb fehlt und die Stärke, so wie die Freude am Leben. Weil ich einfach nur nutzlos bin. Ich tue allen einen Gefallen, wenn ich das tu. Ich habe Angst zu leben und wähle deswegen lieber diesen Weg, denn er macht mir weniger Angst. Es ist

für alle besser so, glaube mir."
    Ein letzter vereinter Blick.
    „Es tut mir leid."
    „Neeein! Maary!"

Es war ein Gefühl, als würde mir jemand mein Herz von Neuem rausreisen.

10

Erneut eine Beerdigung.

Ein neues Versprechen.

Sie wollten einander niemals verlassen. Es würde nicht noch jemand von ihnen sterben. Zumindest nicht, auf solch eine Art.

Beth musste an Mary denken. Auch sie hielt sie in ihren Armen. Sie schrie um Hilfe, sie weinte. Doch der Regen, der plötzlich stark auf sie hinabfiel, ließ sie nicht durchkommen.

Wieder starb eine ihrer besten Freunde in ihren Armen. Und sie konnte einfach nicht verstehen, wie das so oft hintereinander passieren konnte. Wie es überhaupt passieren konnte. Doch je älter sie wurde, umso mehr verstand sie, dass es an diesem furchtbaren System lag.

„Heute ist Liams Todestag."

„Aber auch dein Geburtstag. Hör bitte auf, es so zu

sehen. Hör auf, es als einen schrecklichen Tag zu sehen. Es ist dein Tag." Carly fasste ihre Freundin an ihrer Schulter.

„Nein, ist es nicht. Nicht seit damals. Nicht, seit er … Ich kann diesen Tag einfach nicht mehr anders sehen."

Carly sah nach unten. „Beth, es gibt da etwas, was ich dir sagen muss." Sie saßen zusammen auf Beths Bett. Sie hatte es nie ausgetauscht, doch es roch nicht mehr nach Liam und das war für Beth das Schrecklichste. Nichts hatte mehr seinen Geruch. Sie hatte ihn damit völlig verloren. Er war weg, für immer.

Beth sah sie verwundert an, doch auch Unruhe lag in ihrem Blick. Carly hatte sie noch nie so angesprochen. Es konnte nichts Gutes bedeuten, das tat es nie, soviel wusste sie.

„Was ist es? Wenn du es so sagst, dann kann es nur etwas Schlechtes sein."

„Ich wollte eigentlich bis nach deinem Geburtstag warten." Sie sah nach unten. „Aber … vielleicht ist es ja besser, wenn ich es dir jetzt sage. Ich habe bereits mit Mike gesprochen."

„Ist er deswegen noch nicht hier?"

Carly nickte. „Ja, er meinte, dass wir wohl etwas Ruhe untereinander brauchten. Keine Sorge, es ist nichts Schlimmes. Zumindest nicht so.

Ich werde umziehen."

Beths Augen weiteten sich. Wieso? Sie verstand es nicht. Sie öffnete ihren Mund, um zu fragen, doch es kam nur ein kurzer Ton raus. Sie musste sich ihre Tränen unterdrücken. „Aber wieso?"

„Weil meine Eltern nicht glauben, dass das die richtige Umgebung für uns ist. Außerdem hat mein Vater einen neuen Job bekommen. Wir ziehen jetzt in eine sichere Gegend, sagen meine Eltern. Dort gibt es keine Verbrechen, Mörder oder zwielichtige Gestalten. Sie müssen dann wohl keine Angst mehr um mich haben. Abgesehen davon haben sie gesagt, dass sie dich mitnehmen würden. Deine Eltern kümmern sich nicht um dich, haben sie noch nie. Und wenn sie mal da sind, weil sie wieder zu dicht sind, dann kümmerst du dich sogar eher um sie. Sie meinten, dass sie die beiden vor Gericht ziehen können und dich adoptieren können. Und das würde sogar wirklich gehen, weil mein Vater nun einen angesehenen Job hat und wir eine weiße Familie sind, die in eine sichere Umgebung ziehen wird. Was meinst du dazu?"

Beth wusste gar nicht, was sie dazu sagen sollte. Doch dann kam ihr jemand in den Sinn. „Aber was ist mit Mike? Wir können ihn doch nicht einfach zurücklassen!"

„Mein Vater könnte versuchen, seiner Mutter einen

Job zu besorgen. Dann könnten sie auch zu uns ziehen."

„Glaubst du, dass das so einfach geht?"

„Es könnte. In der Firmer werden immer Putzkräfte gesucht. Und sie hätte einen Job. Und sie hat ja nur noch einen Sohn, um den sie sich kümmern muss. Ihr Mann ist seinem Alkoholkonsum ja bereits erlegen. Und wenn sein Bruder dann in ein paar Jahren aus dem Gefängnis entlassen wird, dann kann er sich ja auch einen Job suchen und die Miete mit zahlen – oder sich anders mit einbringen."

„Carly, du weißt genauso gut wie ich, dass das niemals klappen würde. Er ist schwarz und dazu ein Straftäter, der im Gefängnis war – noch dazu mit seinem Auftreten. Er hasst Weiße. Niemand würde ihn einstellen, wahrscheinlich nicht mal ein Schwarzer."

Carly sah wieder bedrückt nach unten. „Kann sein. Aber könnten wir es dann nicht dennoch wenigstens versuchen?"

„Und wenn es nicht klappt? Wenn sie mich meiner Familie wegnehmen, um in einer furchtbaren Pflegefamilie zu landen, wie es bei Ashley war. Du erinnerst dich noch an sie? In ihrer Familie ging es ihr vielleicht nicht ganz gut, weil sie nicht so viel hatten, doch sie wurde geliebt. Dann wurde sie ihrer Familie weggenommen, weil es ihr angeblich nicht so gut ging. Und weißt du noch, dass sie in einer furchtbaren Pflegefamilie gelandet ist? Denn jetzt ist sie wegen dieser tot. Haben das Geld genommen, aber sie einfach linksliegen gelassen, sie misshandelt, bis sie starb. Willst du, dass mir das auch passieren könnte? Ich wäre gerne deine Schwester, aber ich habe zu große Angst vor den Risiken."

Carly war ein wenig enttäuscht, doch sie verstand es. Ihr wäre es wohl nicht anders ergangen.

„Könntest du es mir denn hundert prozentig versprechen, dass das funktionieren würde?" Beth sah ihr tief in die Augen, würde auf jedes Zögern achten. Würde sich nicht belügen lassen und kein Risiko eingehen. Sie wollte eigentlich gar nicht mal, dass diese Situation existierte.

Carly zögerte. „Nein, das kann ich nicht. Aber mein Vater könnte es herausfinden. Wenn er sich da nicht ganz sicher wäre, dann hätte er doch bestimmt niemals diesen Vorschlag gemacht?"

„Carly, tut mir leid, aber das Risiko ist mir da wirklich zu hoch. Gib mir dann einfach deine neue Adresse und wir kommen dich besuchen. Wer weiß, vielleicht gehen wir ja irgendwann zusammen aufs College. Lange dauert es ja nicht mehr."

Carly freute sich unfassbar über diese Aussichten, doch …

„Wie willst du das denn bezahlen?"

„Gar nicht. Ich bekomme bestimmt ein Stipendium. Du weißt doch, wie viel Mühe ich mir gegeben habe, um in der Schule nur die besten Noten zu bekommen. Auch, wenn Frau Smith nicht mehr lebt, so hat sie mir durch verschiedene Empfehlungsschreiben bereits den Weg dahin geebnet. Abgesehen davon, suche ich mir noch einen Job, dann kann ich mir auch anderweitig ein wenig was finanzieren. Ich habe mich bereits umgesehen, wo was ist, dann spar ich mir ein wenig was an."

„Ist gut. Wir bleiben in Kontakt, ja? Wir schreiben uns." Carly umgriff Beths Hände.

„Ist gut."

„Schön! Dann gehen wir jetzt zu M-" Carly stoppte in ihren Worten. „Mike wird bestimmt bald herkommen. Dann können wir ein wenig feiern und essen."

„Ich habe nicht wirklich Lust auf feiern. Können wir nicht einfach gemeinsam ein wenig Zeit miteinander verbringen?"

„Ist in Ordnung. Dann essen wir einfach nur ein wenig. Meine Mutter hat einen Kuchen für dich gebacken. Außerdem Muffins und ein paar andere Sachen. Abgesehen davon hat sie noch ein paar andere Sachen vorbereitet. Aber nur zu essen, keine Sorge, keine Feier oder so."

„Ist gut."

Sie feierten doch ein wenig gemeinsam, sie zeigte außerdem das Geschenk, welches sie von Liams Eltern geschickt bekommen hatte und las die Karte dazu vor. Tränen und Witzeleien seitens der drei, denn es war ein Fotoalbum von ihnen allen.

Eine Erinnerung, dass nicht alles schlecht war. Behalte dir immer das Gute im Herzen und bleib ein so toller Mensch.

Deine Dich liebende Familie

Dieses Fotoalbum wurde Beths größter und wichtigster Besitz, denn auf eine gewisse Art, bekam sie dadurch ihre Freunde und Familie zurück.

Mike und Beth waren sich sehr nahegekommen. Er schenkte ihr ein Zeichenbuch und ein Notizheft, mit Mustern am Einband. Am Abend kam er mit zu ihr, brachte sie nach Hause, nachdem sich beide von Carly und ihrer Familie verabschiedet hatten.

„Es war ein schöner Abend." Mike hatte seine Hände in seiner Hosentasche, als er mit Beth den Weg zu ihrem Haus langschlenderte.

„Fand ich auch." Sie lächelte leicht, hatte ihre Hände hinter ihrem Rücken ineinander verschränkt.

Mike lächelte sie an, betrachtete sie etwas,

während sie in den Sternenhimmel sah. Nur das Licht am Eingang des Hauses spendete ihnen Licht. So dunkel und schön. Er sah aus, als würde er ihr etwas sagen wollen, öffnete bereits seinen Mund, schloss ihn dann jedoch wieder schnell und sah zurück auf den Boden.

Beth bemerkte es sofort, wirkte verwundert. „Ist etwas?"

Er stoppte kurz, überlegte, wie er es sagen sollte. Seine Stimmung schien sich verändert zu haben. Plötzlich wirkte er überhaupt nicht mehr so erleichtert und glücklich, sondern eher angesäuert. „Es ist nur so ... wegen Carly ..."

„Was ist mit ihr?" Erst verstand Beth es nicht so recht, doch dann dachte sie daran, worüber die beiden gesprochen hatten. War etwa das, was er meinte, was ihn so beschäftigte?

„Carly hat doch mit dir darüber gesprochen, dass sie umzieht?"

„Ja." Sie nickte dabei.

„Dann hat sie dir doch bestimmt auch von dem Vorschlag erzählt, dich mitzunehmen."

„Ja." Ihre Stimme klang etwas leiser, als bei ihrer Antwort zuvor.

„Und, was hast du gesagt? Hast du dich entschieden? Wirst du mit ihr gehen?" Er sah wieder zu ihr, blickte ihr tief in die Augen. Sie kamen in dem

Moment an der Treppe zum Hauseingang an.

„Was glaubst du denn?" Sie grinste ihn ein wenig an, wollte ihn auf die Folter spannen.

„Hör bitte auf, mit deinen Spielchen. Ich will nur eine Antwort. Ich kann diese Ungewissheit nicht ertragen, vielleicht meine letzten Freunde zu verlieren und das Mädchen, dass ich …" Er sah zur Seite, wollte nicht weiter ausführen, was er tief im Herzen spürte, wenn die Gefahr bestand, dass sie sowieso bald fort war.

„Und dich hier alleine lassen? Du kommst alleine doch überhaupt nicht zurecht."

In seinen Augen entstand ein Funkeln. „Meinst du damit, dass du hierbleibst?"

„Nur solange, bis wir aufs College gehen." Wieder grinste sie.

Mike lächelte, schien kurz davor zu sein, laut zu jauchzen. Doch anstatt, ein kleines Tänzchen aufzuführen, beugte er sich nur zu ihr herab und küsste sie.

Beth sah ihn überrascht, doch dann glücklich an. Erneut küssten sie sich. Mit ihm wurde alles leichter. Seitdem waren sie ein Paar und kümmerten sich noch mehr als zuvor umeinander. Sie glaubte in dieser Nacht, dass sich ihr Leben nun nur noch zum Guten wenden konnte, dass ihr nichts Schlimmes mehr widerfahren konnte. Er wurde – und war auch schon zuvor – ihr Fels in der Brandung. Ein Freund, der ihr fester Freund wurde.

Ihre erste Liebe und ihr erster fester Freund.

Ihre erste romantische Beziehung.

Aber es war nun mal, wie es war. Und wie es schon immer war, hielt eine Beziehung nun mal nicht für ewig.

11

Beth hatte sich einen Job gesucht, hatte fleißig gespart und bereits einiges zusammen. Hart musste sie dafür arbeiten. Sie war unfassbar gestresst und auch ihre Noten waren kurz davor, darunter zu leiden. Aber sie hielt durch und dann war sie endlich kurz davor, aufs College zu kommen. Sie hatte sich bereits eine Liste angefertigt, was sie alles brauchte, was wie viel kosten würde. Sie hatte sich auch wegen einer Wohnung umgesehen, falls sie kein Stipendium bekommen würde. Ihr Geld hatte sie gut versteckt. Das musste sie, bei solchen Eltern.

Mike war ebenfalls fleißig am sparen und verdiente Geld – nur auf andere Weise. Beth wusste nichts davon. Und eigentlich wollte er es sie auch nicht wissen lassen, doch irgendwann kommt alles ans Licht. Doch davor, hatte Beth ganz andere Sorgen.

„Ich wurde angenommen!", rief sie Mike zu, als sie bei ihm zuhause in sein Zimmer rannte und ihm den Brief für das College unter die Nase hielt.

„Wow, das ist … unglaublich." Mike saß auf dem Sofa, als sie durch die Haustür reinkam, um es ihm zu sagen. Er hatte noch nicht ganz realisiert, was sie da sagte, doch je mehr es zu ihm durchdrang, umso mehr freute er sich für sie.

„Was ist mit dir? Hast du es auch geschafft?"

„Ich habe noch keinen Brief erhalten."

„Das muss aber nichts heißen. Sie haben immer hin so viele Anfragen, die müssen erst alle beantwortet werden." Sie nahm seine Hand und sah ihn mitfühlend an.

„Sicher." Seine Freude war verschwunden, nun klang er eher so, als wäre er genervt.

„Mike …"

„Nein, Beth, du weißt ganz genau, woran es liegt." Er klang wütend, zog seine Hand von ihr weg.

„Das stimmt überhaupt nicht! Es gehen auch Schwarze an dieses College." Sie versuchte ihn zu beruhigen, wollte wieder nach seiner Hand greifen, doch er wandte sich von ihr ab.

„Aber niemand aus dem Slum geht dahin!" Er schrie sie an, war unfassbar wütend. Um seiner Wut ein wenig Dampf abzulassen, stand er auf und lief in dem Zimmer hin und her.

„Doch! Und das weißt du. Mich haben sie immer hin auch angenommen."

„Aber du bist weiß!" Er sah sie direkt an. Und in diesem Moment zerbrach etwas in ihr. Sein Blick und seine Worte, als wäre sie das Problem allen Übels. Und es verletzte sie zutiefst.

Keinen Augenblick später, realisierte er, was er getan hatte, doch da war sie bereits auf dem Weg nach draußen. Flüchtete vor der letzten Person in ihrer Nähe, die sie liebte.

„Beth! Beth, warte! Ich habe es nicht so gemeint! Es tut mir leid!"

Doch sie reagierte nicht auf ihn, sie versuchte nur, fort zu kommen.

Zutiefst verletzt und Tränen übersät, kam sie zuhause an, nur um etwas noch Verletzenderes erfahren zu müssen: Von den eigenen Eltern verraten worden zu sein.

„So viel! So viel! Jaha, da können wir mal wieder so richtig einen drauf machen." Sie konnte die Stimme ihrer Mutter hören, wie sie auf und ab ging. Es war klar zu hören, dass sie wieder ein paar Pillen geschluckt hatte. So konnte sich nur jemand anhören, wer in seinem Drogenrausch glücklich über etwas war.

„Da halten wir schon länger durch. Da musst du wenigstens länger nicht in den Puff, dann kann ich dich mal wieder ordentlich rannehmen! Hehe. Du wirst ja sowieso alt, da wollen dich die meisten nicht mehr! Haha. Und wir können uns Wochenlang die Kante geben!" Die Worte ihres Vaters widerten Beth an. Wie konnte er nur so sprechen. Doch wie und was sie sagten, beunruhigte sie.

Ganz langsam lief sie in Richtung Wohnzimmer, aus dem die Stimmen zu ihr durchdrangen. Ihre Tränen hatten gestoppt, doch ihr Herz schlug wie wild. Leicht war ihr Mund geöffnet und ihre Augenbrauen gesenkt. Eine Vorahnung hatte sich in ihr breitgemacht. Eine Vorahnung, die sich bestätigen sollte.

Sie kam in das Zimmer, welches ein paar heruntergekommene Möbel beherbergte, die sie vom Schrott hatte, nachdem sie die ordentlichen ihrer Tante verkaufen musste, um etwas Geld für etwas zu Essen und Strom zu bekommen. Was sie in dem Zimmer jedoch noch sah, schockierte sie zu tiefst.

Überall standen Kistenweise Alkohol auf dem Boden und auf dem Tisch lagen so viele Drogen, dass sie glaubte, ihre Eltern wären nun Dealer geworden. Sie musste sich schon sehr anstrengen, um wenigstens eine freie Stelle zu finden.

„Beth! Liebling! Sag deinem Freund, dass wir ihm für den Deal danken, so einen guten haben wir schon lange nicht mehr gemacht!", waren die ersten Worte, die ihre Mutter an sie gerichtet hatte, als sie Beth im Zimmer stehen sah.

Beths Herz schlug schneller und auch ihr Atem ging unruhiger.

„Beth! Komm, setz dich zu uns!" Ihr Vater winkte sie zu sich ran, doch sie stand einfach nur da, sah hin und her; sah alles an, war kurz vor einem Nervenzusammenbruch. Doch die beiden bekamen davon gar nichts mit.

„Wo. Habt. Ihr. Das. Her?" Das Sprechen fiel ihr schwer, doch sie konnte die Worte gerade so aus sich rauspressen. Sie stand den Tränen erneut nah, konnte sich kaum noch auf ihren Beinen halten. Ihre Sicht wurde verschwommen, ihr Magen grollte. Ihr war schwindelig und schlecht.

„Na gekauft. Bist du dumm?" Ihr Vater lachte, bemerkte den Zustand seiner Tochter immer noch nicht, vielleicht war es ihm aber auch einfach nur egal.

„Nenn mich ja nicht dumm! Ich bin klüger, als ihr beide zusammen, auch, wenn das nicht schwer ist", presste sie aus zusammengebissenen Zähnen hervor. Ihre Hände waren zu Fäusten geballt, so fest, dass ihre Knöchel weiß hervorstanden und ihre Nägel sich in ihre Haut blutig drückten.

„Und wie kann es dann sein, dass wir dein ach so tolles Versteck gefunden haben?" Wieder dieses Lachen. Nur war es diesmal nicht nur ihr Vater, sondern auch ihre Mutter. Zusammen schlugen sie mit etwas Bier und einer weiteren Pille ein.

Wie ein Schlag in die Magengrube fühlte es sich an. Ihr Versteck.

Schnell rannte sie los, nur um zu finden, was sie sich bereits dachte und ihr nun auch ins Gesicht geworfen wurde: Nichts.

Es war nichts mehr da. All ihre Ersparnisse, all die Arbeit, der Stress, Druck, Verzweiflung, all ihr Leiden … es war einfach alles umsonst … und das nur, wegen den Menschen, die eigentlich für das Gegenteil zuständig sein sollten.

Sie fing zu weinen und zu schreien an, schlug wie wild um sich, bis sie nur noch weinend auf der Erde neben ihrem Haus lag, wo ein großes Loch unter ihr Haus führte. Ein Loch, das eigentlich hätte verschlossen sein müssen. Sie zog sich in sich zusammen, wie ein Embryo.

Sie dachte nach, wie sie das Problem beheben konnte, doch ihr fiel einfach nichts ein. Da gingen ihr plötzlich die Worte ihrer Mutter durch den Kopf. Meinte sie mit Freund etwa …

„Beth. Beth, was ist passiert?" Eine Hand legte sich

auf ihre Schulter. Mit Tränenüberlaufenem Gesicht sah sie auf.

„Mike?" Verwundert setzte sie sich auf.

Ihr Anblick ließ sein Herz zusammenziehen. Schnell nahm er sie in seine Arme. Kurz ließ sie es geschehen, doch dann wollte sie Antworten.

„Hast du meiner Mutter und meinem Vater Drogen verkauft?" Ihre Stimme klang gebrochen, ihr Blick war leer.

Er zuckte leicht zusammen, nahm sie etwas von sich weg, um in ihr Gesicht sehen zu können. Sie sah zu ihm, immer noch war ihr Blick leer.

„Es tut mir leid. Ich brauchte das Geld. Damit ich aufs College kann. Verstehst du?"

„Es war mein Geld. Und deins ist nicht ehrlich verdient!" Sie stieß ihn von sich weg.

„Was hätte ich denn anderes tun sollen? Der Kerl, für den mein Bruder gearbeitet hat, hat mich angeheuert. Er hat mir einen Job angeboten. Da habe ich doch nicht absagen können?"

„Natürlich hättest du! Du hättest dir einen anderen Job suchen können. Auf ehrliche Art!"

„Ich hätte doch nie etwas bekommen!"

„Du hast es ja nicht einmal versucht!" Sie sprang auf, sah auf ihn herab. Wie konnte er sich nur so sehr selbst bemitleiden?

„Du weißt, wieso! Ich hätte nichts bekommen und

ein Platz am College bekomme ich auch nicht!" Er sprang ebenfalls auf.

„Hör auf! Geh einfach! Ich ertrage deinen Anblick nicht!" Sie wandte sich von ihm ab.

„Beth …" Er lief einen Schritt auf sie zu und wollte nach ihrer Hand greifen. Doch sie zog sie zurück und rief erneut aus: „Geh!"

„Beth, bitte …" Er klang verzweifelt. War sie doch das Mädchen, das er schon immer geliebt hatte und immer lieben würde.

„Geh!" Ihr Schrei war so schrill und laut, dass man sich die Ohren hätte zu halten müssen, um keine Schmerzen zu erleiden.

Tränen liefen seine Wangen hinab, da fing er an, rückwärts zu laufen, ging von ihr weg, immer schneller und schneller, drehte sich um und ging. Kurz drehte er sich nochmal in ihre Richtung, doch dann ging er und war endgültig weg.

12

Beth hatte versucht, ihre Eltern aus dem Haus zu werfen, doch die hatten sie nur ausgelacht, sogar noch, als sie die beiden mit einem Messer bedroht hatte. Die Drogen und der Alkohol reichten für zwei Wochen – zumindest für das, was sich ihre Eltern wie Luft zum Atmen einnahmen. Ständig hörte sie die Stöhnerei ihrer Eltern. Erst als Beth ihre Mutter mit dem Messer schnitt, hauten die beiden ab. Zumindest glaubte sie das.

Als ihre Eltern weg waren, kam Mike wieder zu Beth, versuchte sich mit ihr zu versöhnen. Nachts, so wie er sonst auch immer kam. Doch sie wollte es nicht. Sein Drang nach ihrer Liebe, konnte er jedoch nicht unterdrücken.

„Beth, ich liebe dich. Bitte stoße mich nicht von die fort." Er lief zu ihr, versuchte ihr zu zeigen, wie sehr er sie liebte. Doch sie wollte nichts davon hören.

„Du hast mich zu tiefst verletzt! Lass mich also bitte einfach in Ruhe."

„Ich habe dir das Geld mitgebracht. Es gehört dir. Nimm es zurück."

Erzürnt drehte sie sich zu ihm um. „Ist es das? Glaubst du, dass ich deswegen auf dich sauer bin? Behalte es und komm nie wieder!"

„Beth, nein. So ist es nicht. Bitte tu mir das nicht an. Bleib bei mir. Ich liebe dich zu sehr, als dass ich dich gehen lassen könnte." Immer näher kam er auf sie zu. Vor ihr blieb er stehen, sah ihr tief in ihre Augen. Er wollte ihr zeigen, dass er es ernst meinte, dass er sie nicht verlieren wollte und auch, dass er sie nie verletzen wollte.

Beth spürte, wie ihr Herz flatterte. Egal, was er ihr angetan hatte, so konnte sie nicht einfach ihre Gefühle ignorieren.

„Ich weiß, dass du mich auch liebst. Alles, was zwischen uns steht, wir können es wieder richten. Glaubst du das nicht auch?" Seine Stimme wurde leiser. Vorsichtig umschlossen seine Hände ihre Arme. Er sah ihr in die Augen und dann auf ihre Lippen.

Sie machte es ihm Gleich.

Als er es spürte, dass sie bereit war, küsste er sie vorsichtig. Sie erwiderte es. Es wurde immer intensiver. Er fing an, ihre Figur nachzuziehen. Er stoppte den Kuss sanft und fragte sie flüsternd: „Bist du bereit?"

All die Jahre, die sie es nicht war, die Zeit über, die sie zusammen waren … War sie bereit?

Vorsichtig zog sie ihn hinter sich her, hoch in ihr Zimmer, wo es nicht so verdreckt war, wo ihre Eltern sich nicht miteinander begnügt haben.

Sie lagen zusammen auf ihrem Bett, nebeneinander, sahen sich in ihre Augen, küssten einander. Er strich wieder ihren Körper entlang, vorsichtig, um sie nicht zu verschrecken.

„Willst du es auch?"

„Ich weiß nicht."

„Ich bin auch ganz vorsichtig."

„Ich bin mir einfach noch zu unsicher."

„Bitte."

„Ich wäre lieber sicherer, hätte gerne vorher mit jemanden gesprochen."

„Dann lass uns sprechen, sag, wovor du dich fürchtest."

„Ich will mir einfach sicher sein."

„Wir können es doch versuchen."

„Und wenn du etwas gegen meinen Körper hast? Wenn du ihn hässlich findest? Oder wenn ich Schmerzen habe? Wenn …"

„Beruhige dich. Ich könnte dich niemals hässlich finden, egal, was ist. Sei einfach so, wie du bist. Sei einfach Beth. Meine Beth." Er küsste sie wieder und fing an, ihr Hemd hochzuziehen. Sie ließ es zu. Dafür zog sie auch sein Hemd hoch, sie zitterte dabei jedoch mehr.

Sie machten immer so weiter, doch dann wollte sie doch nicht mehr, sie bekam Angst, versuchte es durch Körpersprach zu zeigen, doch er stoppte nicht. Verstand er es vielleicht einfach nur nicht? Sie versuchte ihm zu sagen, dass sie es noch nicht wollte, doch auch darauf, reagierte er nicht. Ihre Kehle war wie ausgetrocknet, ihre Stimme ganz kieksig. Er machte einfach weiter, während sie plötzlich ganz starr wurde, als sie sich zuvor noch dagegen wehrte. Konnte er sie wirklich nicht hören oder ignorierte er einfach ihre Worte? Gerne würde sie sich wehren, doch sie konnte ihren Körper nicht mehr kontrollieren, als wäre es gar nicht ihrer; als wäre er fremdgesteuert.

Ganze Zeit sagte er ihr nur, wie sehr er sie liebte, wie schön er sie fand, wie froh er war, dass sie bei ihm war und ihm verzieh. Doch das hatte sie nicht und das war ihr klar, daher war es ihr auch zuwider. So wie sein Verhalten; wie diese ganze Situation. Sie fühlte sich alles andere, als geliebt. Sie fühlte sich wie ein Objekt, das keine Stimme hatte; kein Stimmrecht. All das, was er tat ... sie wollte es nicht, sie wollte nur, dass es stoppte. Doch er stoppte nicht. Sie konnte es nur noch ... über sich ergehen lassen.

In dieser Nacht, verlor ich meine Unschuld.
Und auch alles andere.

13

Beth floh zu Carly. Sie kümmerte sich um Beth, versuchte ihr ihr Leiden zu nehmen – oder zumindest zu lindern. Sie hätte es Mike nicht zugetraut, Beth so etwas anzutun. Aber Beth hätte auch nicht damit gerechnet.

„Keine Sorge, meine Eltern lassen dich hier solange wohnen, wie du möchtest. Du musst dir nicht extra ein Zimmer nehmen. Das kannst du dir doch gar nicht leisten. Und mit dem Stipendium wird es doch super funktionieren."

„Danke." Ihre Nase schniefte und sie versuchte ihre Tränen aus dem Gesicht zu wischen. Doch immer, wenn sie die alten Tränen weggewischt hatte, kamen neue ihre Wangen hinuntergelaufen.

Carly zog sie an sich, in eine feste und sichere Umarmung, dass sich Beth wieder beruhigen konnte. Irgendwann schlief sie vor Erschöpfung ein.

Mike versuchte zu Beth zu kommen, doch Carly ließ ihn nicht an sie ran. Sie ließ ihn nicht einmal in das

Haus sehen. Carly sagte ihm nur, dass er sie in Ruhe lassen sollte, sonst würde sie ihn so zusammenschlagen, dass man ihn wie seine Drogen aufschniefen musste.

Erneut begegneten sie sich nicht, da bei seinem nächsten Deal die Polizei dazu kam und ihn verhaftete. Eigentlich hätte er eine Zusage für das College bekommen, doch als bekannt wurde, dass er im Gefängnis war – und dazu noch wegen Drogenhandels – wurde er doch abgelehnt, besonders, da er ohnehin mehrere Jahre absitzen musste.

„Wir werden zusammen ans College gehen. Wir werden gemeinsam lernen und wir gehen zusammen durch die Stadt, um was zu unternehmen. Wir werden viel Spaß haben. Und wir werden Zimmernachbarinnen. Das wird richtig Spaß machen." Carly versuchte Beth auf bessere Gedanken zu bringen. Es funktionierte. Es hinterließ dennoch einen dunklen Schatten in ihrem Leben, doch mit der Zeit gewöhnten sie sich daran, dass sie nur noch zu zweit waren.

„Das wird bestimmt die schönste Zeit, die wir im Leben bisher hatte." Beth sah friedlich aus, als würde eine große Last von ihr abgefallen sein.

„Ich freue mich schon. Nur noch dieses Jahr hinter uns bringen, dann ist es endlich soweit!"

„Ich mich auch."

Doch es sollte nicht dazu kommen, denn das Schicksal hatte etwas anderes geplant.

14

Nach zwei Monaten fielen den beiden Veränderungen bei Carly auf. Sie wurde immer blasser und dünner. Auch ihr Wohlbefinden war verändert. Sie fühlte sich immer schlapper und ihr wurde öfters mal schlecht, Kopfschmerzen und Schwindel kamen noch dazu.

Beth lief Carly öfters aufs Klo hinterher, um ihr die Haare zu halten oder ein Wasser zu reichen.

„Du solltest zum Arzt gehen, das geht bereits seit zwei Wochen so – und wenn man es genau betrachtet, sogar länger – und dir geht es immer schlechter." Beth sah sie besorgt an, als sie wieder im Bad der Schule waren und Carly wieder so schlecht war, dass sie sich kaum auf ihren Beinen halten konnte.

„Es geht jetzt nicht. Wir haben nicht mehr lange, müssen noch die letzten Prüfungen schreiben und unseren Abschluss machen, um dann den direkten Weg ins College zu nehmen." Carly stand vom Boden auf, lief zum Waschbecken und ließ kaltes Wasser in ihre Hände laufen, um es sich darauf in ihr Gesicht zu spritzen. Beth war ihr zum Waschbecken gefolgt und lehnte sich gegen das daneben.

„Deswegen solltest du dir deine Gesundheit nicht über den Haufen werfen. Ruiniere sie dir nicht. Du bist immer hin die letzte Person, die mir geblieben ist."

Carly sah zu Beth und zog ihren Mund zu einem Strich. „Ist ja schon gut. Meine Mutter werde ich sowieso nicht auch noch länger hinhalten können. Wir gehen diese Woche noch zum Arzt, zufrieden?" Sie nahm sich ein Tuch und trocknete sich ihre Hände ab. Beth umarmte sie dabei freudig von der Seite. „Mehr als das. Und jetzt lass uns zurück in den Unterricht gehen."

Die beiden hakten sich beieinander unter und liefen gemeinsam aus der Tür des Bades. Das Bad und der Flur waren leer. „Ich hasse Mathe."

„Jeder hasst Mathe"

Sie ging wirklich zum Arzt, doch es gab keine guten Nachrichten.

„Seid ihr schon zurück?", Beth sprang von Carlys Bett auf, auf dem sie saß und in einer Zeitschrift blätterte.

Als sie Carlys Blick sah, wandelte sich ihr munterer Blick in einen besorgten. „Was ist passiert? Was hast du?" Sie legte ihre Hände um Carlys Schultern. Sie wirkte völlig abwesend. Beth führte sie zu ihrem Bett, dabei nahm sie ganz kleine und vorsichtige Schritte, bis sie ankamen und sich einfach auf das Bett fallen ließ. Beth setzte sich neben sie. Carly sah sie immer noch nicht an, doch dadurch, dass Beth ihr Gesicht von unten zu ihr blicken ließ, sah sie doch mal zu ihr und schien zu realisieren, wo sie war und wer da neben ihr saß.

„Beth ... ich bin krank."

„Das habe ich mir bereits gedacht." Sie lächelte leicht und hob ihren Kopf wieder an. Carly drehte sich zu ihr um, dass sie sich gerade in ihre Augen sehen konnten.

„So meine ich das nicht. Ich bin wirklich krank. So richtig."

„Dann sag mir doch einfach, was du hast." Beth hatte einen festen Blick.

Carly griff nach Beths Hand, auf die Beth noch ihre andere legte. Carlys Augen füllten sich mit Tränen. „Es ist Krebs."

Es dauerte einen Moment, bis ihre Worte zu Beth durchdrangen. Einen weiteren, bis sie es auch wirklich aufnehmen konnte.

Sie drückten einander noch fester ihre Hände. Beth

liefen ebenfalls Tränen über die Wangen. Kurz darauf lagen sie sich in ihren Armen.

Sie sprachen danach, wie weit es schon war, wie es mit Heilung aussah und ob sie dennoch aufs College konnte. Durch die Kosten bot Beth sogar an, ihr Stipendium an Carly abzutreten, um ihnen wenigstens da irgendwie unter die Arme greifen zu können.

„Nein, das tust du nicht! Ich werde damit sowieso erstmal nicht ans College können. Ich werde wahrscheinlich nicht mal mehr meinen Abschluss machen können. Du wirst ohne mich aufs College müssen."

„Unser ganzer Plan ist damit über den Haufen geworfen. Was machen wir denn jetzt? Soll ich einfach solange arbeiten und wir gehen dann zusammen hin, wenn du wieder gesund bist?" Beth lief in der Mitte des Zimmers im Kreis umher, setze sich dann jedoch wieder neben Carly auf das Bett, welches in der Ecke neben dem Fenster stand.

„Auf gar keinen Fall! Wenigstens dieser Plan soll so bleiben. Du gehst aufs College und wenn ich später auch hingehe, dann habe ich ja bereits jemanden da, wer mir mit dem Stoff helfen kann." Carly grinste, musste dann jedoch ein wenig husten. „Das wird dann hoffentlich nicht so lange dauern."

„Hoffentlich, dann habe ich nämlich endlich jemanden am College. Neue Freunde finde ich ja sicher nicht so schnell und ersetzen könnte ich dich auch niemals." Beth grinste breit.

„Das weiß ich doch. Es werden auch nur ein paar Monate sein, bis ich wieder gesund bin."

„Da hast du recht. Und ich werde dich während deines Heilungsprozesses nicht alleine lassen. Abgesehen, wenn ich unterrichtet werde."

„Das freut mich. Dann werde ich bestimmt noch schneller gesund."

„Das glaube ich auch." Die beiden begannen zu kichern und ein wenig zu kampeln.

Beth hielt sich an ihre Worte: Sie ließ Carly nicht alleine. Am Anfang war auch eine Besserung zu bemerken, doch dann ging es ihr plötzlich ganz schnell, ganz schlecht, als Beth ans College ging. Bis eines Tages ein Anruf kam, dass sie ganz schnell ins Krankenhaus kommen sollten. Beth verließ den Unterricht, um ihre Freundin zu besuchen. Es sollte ihr letzter Besuch werden.

„Beth … Beth! Ich bin ja so froh, dass du da bist."
Carlys Stimme war ganz schwach. Tränen lagen in
ihren Augen. Beth hatte die Zeit über bereits die
Verschlechterung von Carlys Zustand mitbekommen,
doch sie nun so zu sehen: abgemagert, blass,
unterlaufene Augen, kraftlos; als wäre sie eine
lebendige Leiche.

Schnell ging Beth zu Carly, um sie in eine vorsichtige
feste Umarmung zu ziehen. Carly erwiderte die
Umarmung, war aber merkbar schwach.

Als sie sich wieder voneinander lösten, setzte Beth
sich zu Carly aufs Bett. Eine Decke lag über ihr. Es
wirkte so, als würde sie von ihr erdrückt werden, so
dünn war sie. Ihre Eltern standen an der Wand und
sahen den beiden traurig zu.

„Beth, es tut mir ja so leid."

„Was soll dir denn leidtun? Es tut viel eher mir leid,
dass ich dich in letzter Zeit so oft alleine gelassen
habe." Tränen bildeten sich in ihren Augen.

„Ja, aber mir tut es leid, dass ich dich bald alleine
lassen werde." Die beiden Mädchen konnten hören,
wie Carlys Mutter zu schluchzen anfing, die sich
weinend an ihren Mann lehnte, der sie an sich
drückte.

„Sag sowas nicht." Beth schüttelte leicht mit ihrem
Kopf und sah Carly an, als könnte sie nicht glauben,
was sie da von sich gab. „Du wirst wieder gesund.

Also sag so etwas nicht."

„Beth … du weißt selber … was das hier … zu bedeuten hat … du weißt genau, was mit mir passieren wird."

„Nein. Nein! Nein, das verbiete ich dir! Wir haben uns etwas versprochen! Du bist die Letzte!"

„Nein, du bist die Letzte. Jetzt bist da nur noch du. Und es tut mir leid, dass ich unser Versprechen nicht halten konnte, doch es bedeutet mir sehr viel, dass du bei mir bist." Carly nahm sich Beths Hand und drückte sie leicht. „Bitte bleib solange bei mir, bis es vorbei ist, ja?" Carlys Stimme brach, sowie Beths Herz.

Beth nickte und versuchte die Tränen runter zu schlucken, doch es gelang ihr nicht.

Carly wurde von ihrer Familie nicht eine Sekunde alleine gelassen. Es war furchtbar. Carly hatte Schmerzen und es ging ihr schrecklich. Außerdem dauerte es quälend lange, was sie einerseits gut fanden, weil sie Carly dadurch länger bei sich hatten, andererseits zerrte es allen an den Nerven, weil sie nicht wussten, wann es vorbei war und auch nicht wollten, dass sie noch länger leiden musste. Sie redeten viel, erzählten sich alles, was sie noch sagen wollten, bis Carly zu schwach zum sprechen war und nur noch ihre Mutter, ihr Vater und Beth sprachen. Und irgendwann, mitten in der Nacht, da hörte sie auf zu atmen. Beth konnte in dem Moment draußen eine Sternenschnuppe vorbeifliegen sehen. Ihre Augen waren rot und sie hielt Carlys erschlaffte Hand, während sie ihren Kopf auf dem Lagen liegen hatte. Ihre Eltern weinten entsetzlich, doch Beth spürte nur diesen Schmerz in sich und eine aufkommende Leere.

In diesem Moment starb der letzte Teil in mir,

der mich zusammen hielt.

19

Die letzte Beerdigung. Und sie die letzte, die am Grab stand.

Das letzte Versprechen, welches sie machen würde.

Carlys Eltern ließen Beth noch eine Weile bei sich wohnen, doch irgendwann, da fingen die beiden an, sich zu streiten. Es fing an, nachdem die erste Welle der Trauer vorbei war. Die Trauer wurde durch Frust, dann durch Wut eingetauscht. Die beiden stritten immer schlimmer, bis sie sich trennten. Es kam zur Scheidung. Beth wurde angeboten, bei einem der beiden wohnen zu können, doch ihr war klar, dass sie den beiden eher ein Dorn im Auge war. Sie erinnerte die beiden zu sehr an Carly. Sie hatte die beiden sogar gehört, wie sie eines abends über sie gesprochen hatten, als sie wieder in Tränen ausgebrochen waren und dachten, dass Beth bereits schlafen würde.

„Warum Carly? Warum unsere Tochter? Warum nicht Beth? Ihre Eltern lieben sie doch gar nicht. Aber wir ... wir lieben unsere Tochter. Wir kümmern uns um unser Kind. Beth hat doch sowieso niemanden. Immer mussten wir uns um sie kümmern, und die anderen. Wenn sie nicht mehr da gewesen wäre, dann wäre es für niemanden ein Problem gewesen. Carly wäre zwar traurig gewesen, doch sie wäre bestimmt darüber hinweggekommen, sowie über die anderen. Es ist zwar schön, dass sie für Carly da war, doch jetzt nutzt sie uns doch nur noch aus. Und wir sind irgendwie ja auch dazu verpflichtet, wir haben sie ja auch ein wenig mit großgezogen. Ich fand sie dennoch immer schon seltsam."

Beth würde die beiden nie wieder sehen, nur davon hören, dass Carlys Vater Alkoholabhängig werden würde und ihre Mutter in einer Anstalt wegen psychischen Problemen landen würde.

Beth ging zurück in ihr Haus, solange sie im College war, schlief sie jedoch in einem Zimmer in einem Wohnheim. Sie war noch nicht lange am College, kannte niemanden und ging am liebsten in die Bibliothek. Stundenlang hielt sie sich dort auf. Lernen machte ihr Spaß und sie wollte möglichst viel erreichen. Sie war die beste von allen; sie strengte sich so sehr an, dass sie keine Fehler machte. Ihre Noten waren herausragend. In ihrem Leben kehrte endlich wieder Ruhe ein. Ihre Schmerzen würden wohl nie wieder verschwinden, doch sie fing an, damit zurecht zu kommen. Alles schien sich wieder eingependelt zu haben. Doch dann tauchte jemand in ihrem Leben auf, der alte Wunden wieder aufreißen ließ.

Sie war wieder in der Bibliothek und suchte sich ein paar Bücher, für eine Hausarbeit, aus den Regalen raus. Als sie um das nächste Regal bog, sah sie jemanden, den sie schon seit ein paar Jahren nicht mehr gesehen hatte und mit dem sie nur schlechte Erinnerungen verband.

Sie stoppte in ihrer Bewegung und starrte ihn mit großen Augen an, ehe er sie bemerkte und von seinem Buch zu ihr aufsah. Er stand langsam aus seinem Schneidersitz auf.

„Wen haben wir denn hier?

Beth. War ja klar, dass du hier landen würdest. Weißes, privilegiertes Mädchen. Während sich meine Eltern und ich sich den Arsch hierfür aufreißen mussten." Er kam ihr näher, bis er nur noch ein paar Zentimeter von ihr entfernt stand.

„Max." Beth gingen seine Worte durch den Kopf. „Mich wundert es, dich hier zu sehen. Müsstest du nicht im Knast sein? Ich habe dich zuletzt gesehen, als wegen dir ein Amoklauf stattgefunden hat und sich der Jungen im Anschluss eine Kugel durch den Kopf gejagt hat."

Etwas in seinen Augen regte sich, doch er schien es unterdrücken zu wollen. „Was weißt du schon davon?" Er zischte seine Worte regelrecht.

„Genug, um zu wissen, dass du ein Arschloch bist." Beth presste die Bücher mit überkreuzten Armen fester an sich. Ihr Blick wurde ebenfalls finster.

„Glaub nur, was du glauben möchtest."

„Dasselbe gilt für dich, nur mit dem einen Unterschied, dass ich es auch wirklich weiß."

„Was soll das denn jetzt heißen?"

„Ich bin nicht privilegiert und du hast Liam behandelt, als wäre er ein Wicht. Genauso wie den Jungen, wegen dem so viele Menschen gestorben sind. Darunter war auch einer meiner besten Freunde."

„Du bist weiß und Weiße sind immer privilegiert. Und du hast keine Ahnung, wie das alles wirklich zusammenhängt. Du willst nur sehen, was du sehen willst. Das mit deinem kleinen Freund stimmt vielleicht, aber ich habe euch doch fast immer in Ruhe gelassen. Abgesehen davon: Damals waren wir noch Kinder und Kinder sind scheiße. Ich bin darüber hinausgewachsen."

„Und das soll ich dir jetzt glauben?" Beth zog eine

Augenbraue hoch.

„Mach, was du willst. Aber dieser Kerl hat bekommen, was er verdient hat. Und seine Art von Lösung bestätigt nur, was er auch vorher schon ganze Zeit war."

„Was soll denn das jetzt heißen?"

„Dass sein Vater ein Bulle mit einer nicht vorhandenen Moral war. Und dieser Dreckskerl das wie ein Schwamm aufgesogen hat. Wusstest du, dass ich einen kleinen Bruder hatte? Sein Vater hat ihn auf offener Straße erschossen, obwohl er nur gespielt hat. Weißt du warum? Weil der Arsch ein Weißer war. Und ein kompletter Rassist. Mein kleiner Bruder schwarz und unschuldig. Der Kerl hat sich darüber lustig gemacht. Da habe ich ihm einfach nur gezeigt, dass ich es nicht zulasse, so behandelt zu werden und auch nicht zulasse, dass sich jemand über meinen toten Bruder lustig macht. Austeilen konnte der Kerl scheinbar gut, nur einstecken fiel ihm schwer."

„Das tut mir leid. Aber ich bin nicht privilegiert. Ich musste mich unfassbar anstrengen und ich habe alle verloren, die ich geliebt habe. Ich habe niemanden mehr. Du hast scheinbar eine Familie, die dich liebt. Aber nicht mal das habe ich." Als Beth auffiel, was sie sagte, drehte sie sich schnell um und flüchtete nach draußen. Von ihren Problemen wollte sie niemandem

erzählen und schon gar nicht diesem Typ.
Verwundert sah er ihr hinterher.

20

Nach dieser Auseinandersetzung, kam Max am nächsten Tag wieder auf sie zu. Und er war freundlich. Sie war überrascht, erwiderte es jedoch nicht. Sie blieb skeptisch. Ab da versuchte er es jeden Tag und versuchte auch über die Bücher, die sie las, Gespräche mit ihr anzufangen. Am Anfang ging sie immer wieder weg, doch irgendwann war sie der Ansicht, dass sie ihm wohl nicht entfliehen konnte. So fing es an, dass sie sich immer näher und näher kamen, bis sie Freunde wurden. Ihre Beziehung wurde immer enger und harmonischer, bis sie ein Paar wurden. Ein glückliches Paar. Beth war ganz außer sich. Das Glück kehrte in ihr Leben zurück und auch die Risse in ihrem Inneren schienen ausgefüllt zu werden. Ihr wurde sogar gesagt, dass sie eine tolle Autorin oder Journalistin werden könnte. Max Eltern waren auch nett. Sein Hass gegen Weiße hatte etwas mit Polizisten zu tun gehabt. Es war ganz dem ähnlich, dass sie einen Hass gegenüber Polizisten empfand.

Doch nachdem sie mit einander gesprochen hatten, merkte Max, dass sie nicht wie die anderen war. Er mochte sie und fing irgendwann an, sie zu lieben. In der Bibliothek, als sie wieder über ein Buch gesprochen hatten, da küsste er sie plötzlich. So kamen sie dann zusammen.

Beth gefiel ihr Leben, wie es war, doch eines Tages, nachdem die beiden bereits eine Weile zusammen waren, tauchte plötzlich ein Mädchen auf. Sie sagte, dass sie ein Kind hatte und Max der Vater wäre. Kurz nachdem sie in die Semesterferien zusammen wollten. Die beiden trennten sich und er ging mit seiner neuen Familie ins Ausland. Während sie vor vollendete Tatsachen gestellt wurde, als sie zurück nach Hause kam. Oder viel eher, als sie zu ihrem ehemaligen zu Hause kam.

Sie wollte rein, doch irgendwelche fremden Menschen waren drin.

Sie öffnete. Bereits, als sie vor der Tür stand, als sie das Haus ansah, fühlte sich bereits etwas seltsam für sie an. Doch als sie dann öffnete und darin alles ganz anders aussah und plötzlich jemand mit einer Waffe auf sie zeigte und sie anbrüllte, was sie da tat, da wusste sie, dass etwas nicht stimmen konnte.

„Ich wohne hier. Das ist mein Haus!" Beth stand da

mit erhobenen Armen. Sie war überrascht, doch dann setzte auch die Angst ein.

„Nein, ich habe dieses Haus gekauft, es gehört mir und meiner Familie."

„Aber das ist nicht möglich. Ich bin die Besitzerin und ich habe es nicht verkauft. Ich kam nicht einmal auf die Idee." Beth verstand das Ganze nicht. „Also raus aus meinem Haus!"

Der Mann ließ die Waffe sinken und deutet Beth sich zu setzen. Er fing an mit ihr zu sprechen, dabei stellte sich heraus, dass es ihre Eltern waren, die es verkauft hatten – dazu noch für ein Schnäppchen. Der Mann ließ Beth ihre Sachen mitnehmen, die er noch nicht weggeworfen hatte.

„Sie wissen nicht zufälligerweise, wo die beiden jetzt sind?", drehte sie sich nochmal mit der Kiste, die gegen ihre Hüfte gestemmt war, um, als sie aus der Haustür getreten war und sah ihn hoffnungsvoll an. Sie musste es wissen.

„Nein, tut mir leid. Viel Glück noch. Aber hier kannst du leider nicht bleiben. Auch wenn ich dir gerne geholfen hätte, doch leider leidet meine Frau unter Psychosen. Ich will nicht wissen, was sie mit einer fremden Person machen würde, wenn sie sie plötzlich sehen würde. Aber vielleicht hast du ja noch irgendwelche Freunde oder Verwandte, die dir helfen könnten?"

„Ja, sicher doch."

Sie fand ihre Eltern nach längerer Zeit. Und sie war sauer. Stink sauer.

„Wie konntet ihr mir das nur antun!?" Tränen standen in ihren Augen. „Wie kann es nur immer wieder sein, dass in meinem Leben eine Katastrophe entsteht, wenn ich an euch gerate? Ihr seid meine Eltern, wie könnt ihr mir nur so was antun!?"

„Beth! Hallo Schätzchen." Ihre Eltern lächelten sie an. Es sah ganz danach aus, als wären ihre Eltern wieder nicht nüchtern.

„Sagst mir, was das sollte! Warum habt ihr einfach mein Haus verkauft?"

„Ach, wir haben ein wenig Geld gebraucht und uns sind die Möglichkeiten aus gegangen und da ist uns das Haus eingefallen. Und wir haben uns ein wenig informiert und rausgefunden, wie wir das Haus verkaufen können, selbst, wenn es gar nicht wirklich uns gehört. Wir haben uns außerdem gedacht, dass du es ja sowieso nicht mehr brauchen wirst."

„Natürlich brauche ich es! Es ist mir!"

„Es war dir", hob ihr Vater als Erinnerung seinen Finger und unterbrach sie damit bei ihrem neuen Anfall.

„Ja! Es war! Weil ihr es gegen meinen Willen verkauft habt! Und das für einen Spottpreis, nur um euch wieder eure Gehirne in eine andere Dimension zu pusten!" Ihre Stimme wurde mit jedem Mal lauter, doch sie reagierten nicht so, wie sie es erwartet hatte.

„Hörst du das? Eine andere Dimension!" Die beiden fingen zu lachen an und schienen gar nicht mehr aufhören zu können. Beth verstand es nicht, sie merkte nur, dass sie keinen Sinn mehr darin sah, sich weiter mit den beiden abzugeben. Sie ging und schwor sich, nie wieder etwas mit diesen beiden zutun haben zu wollen. Und dieses Versprechen hielt sie ein.

Ich fühlte mich,

als würde all mein Vertrauen zerstört worden sein.

21

Beth musste das College abbrechen. Sie wollte zu Liams Eltern, hatte sich so sehr gefreut, die Menschen endlich wieder zu sehen, die ihr so viel Liebe und Wärme geschenkt hatten. Die ihre wirklich wahre Familie gewesen waren. Doch auch diesmal, musste sie einen harten Schicksalsschlag erleiden, der sie vollends zerschmetterte.

„Tut mir leid", meinte einer der Nachbarn, als Beth fragte, wo die beiden seien. „Aber letzten Monat gab es hier eine Schießerei, dabei sind die beiden und ein paar andere leider ..."

Beth bekam große Augen, sie konnte es nicht glauben. Vor einem Monat hatte sie doch noch einen Brief von den beiden bekommen, dass es den beiden gut ging und sie sich freuen würden, wenn sie die beiden während der Semesterferien besuchen kommen würde. Jeden Monat bekam sie einen Brief von den beiden und sie schickte ihnen einen. Sie wollten sogar Geld ansparen, dass sie Beth ein Handy schenken konnten, um mit ihr zu telefonieren. Doch nun …

„Wenn du möchtest, dann zeige ich dir gerne, wo der Schlüssel ist. Die Neuen ziehen erst in einer Woche ein und die Sachen wurden nicht rausgeholt. Vielleicht ist ja etwas dabei, was du noch haben möchtest oder brauchen kannst."

Beth stimmte zu und wurde zu dem Trailer gebracht. Er war sehr klein und es sah auch danach aus, als würden bereits ein paar Leute gekommen sein. Es war recht leer und ein paar Kisten waren umgeworfen oder ausgeräumt, sowie einige Fächer und ein paar Regale und der Schrank. Beth sah, was noch da war, doch es gab kaum noch etwas. Doch es sah sehr danach aus, als hätten die Leute ein Herz für die beiden gehabt, denn sie hatten alles, wo für Beth draufstand, sowie die Briefe in einen Kleinen Kasten sorgfältig auf das Bett gelegt. Drum herum war alles durchwühlt, aber das war ordentlich und behütet zurückgelassen.

Beth steckte sich die Briefe in ihre Tasche, sowie die kleine Box, die wie ein Geschenk zurecht gemacht war. Sie sah hinein und es war ein Handy darin, wie die beiden es gesagt hatten.

Beth hielt sich eine Hand vor ihren Mund, während

sie es hielt und drehte sich vorsichtig um, um langsam nach unten zu gehen, um sich auf den Boden zu setzen und gegen das Bett zu lehnen.

Wie gerne hätte sie ihre Stimme noch einmal gehört. Wie gerne hätte sie nochmal ihre Wärme und Nähe gespürt, sie in den Arm genommen oder ihren Geruch wahrgenommen. Wie gerne hätte sie die beiden noch einmal gesehen.

Sie brach in Tränen aus. Nun waren auch die letzten beiden Menschen tot, die in ihrem Leben eine wichtige Rolle gespielt hatten.

Ich fühlte mich,

als wäre meine Seele gebrochen.

Gegenwart

Prolog

Beth hatte kein Geld, kein zuhause, keine Freunde oder Familie. Daher musste sie auch das College aufgeben und hatte keine Möglichkeiten mehr, eine Ausbildung abzuschließen und einen Job zu finden. Sie musste zusehen, was sie mit ihrem Leben anfangen wollte und hatte durch Liams Eltern eine Möglichkeit bekommen. Selbst in ihrem Tod hatten sie Beth mehr gegeben, als es Beths Eltern jemals getan hätten.

Sie hatte nichts gegen Sex. Als sie mit Max zusammen war, da hatte sie gemerkt, dass es eigentlich ganz toll sein konnte. Daher hatte sie sich bei einer App registriert, bei der sie Männer kennenlernen konnte. Sie fand täglich jemanden. Da alle von ihnen lieber dem alten sexistischen System folgten, wollten sie alle für das Essen zahlen. Für Beth war es natürlich ein Vorteil. Im Anschluss gingen sie meist zu den Männern und sie schlief dann immer bei ihnen. Sie achtete immer auf Verhütung. Bei den

Kerlen schlief sie und manche wollten sie auch nochmal treffen. Sie suchte sich auch immer nur Kerle aus, die sie gut fand. Bis sie an einen geriet, der wirklich eine Beziehung mit ihr wollte, der jedoch alte Wunden wieder aufreißen ließ.

1.1

Beth duscht gerade. Sie hat wieder mit einem Kerl geschlafen. Er schlief noch. Sie hatte immer ihre Tasche dabei, in der sie all ihre Besitztümer gelagert hatte. Sie besaß nicht viel. Frühstück aß sie bei den meisten, je nach dem, verschwand sie aber auch manchmal. Ihr Handy lud sie auch immer bei den Kerlen. Internet zog sie sich bei den Kerlen oder von Internetcafés.

In dem Café hatte sie sich auch mit einer der Mitarbeiterinnen angefreundet. Ein nettes Mädchen, bei dem Beth immer schlafen konnte, wenn sie nicht bei einem Kerl war. Bei ihr konnte sie auch ihre Sachen waschen oder bekam etwas für die Dates geliehen.

Lana war nett und arbeitete, um sich das College leisten zu können. Beth half ihr bei Arbeiten, Hausaufgaben, Ausarbeitungen und ähnlichem. Sie räumte außerdem für sie auf und kochte ihr manchmal etwas. Auch die Einkäufe übernahm sie, damit Lana mehr Zeit fürs College und für die Arbeit, und im Anschluss für sich selber, hatte.

Beth trocknete sich ab und zog sich ihre Sachen wieder an. Schnell sammelt sie ihr anderes Zeug und ihre Tasche zusammen. Danach verlässt sie das Apartment. Als sie die Tür schließt, hört sie neben sich ebenfalls jemanden die Tür schließen. Ein blonder Mann steht neben ihr. Als er zu ihr sieht, lächelt er leicht.

„Hallo. Neu eingezogen oder bist du die Freundin von diesem Trottel?" Er deutet mit seinem Kopf auf die Wohnungstür vor Beth.

Sie zieht ihre Augenbrauen leicht zusammen. Der Kerl ist ihr aus irgendeinem Grund sofort unsympathisch, aber hatte auch das Gefühl, ihn schon einmal irgendwo gesehen zu haben. „Nein. Und das geht dich auch nichts an." Sie geht an ihm vorbei und auf direktem Weg zum Fahrstuhl – dicht gefolgt von diesem Kerl.

„Also ist das nichts Festes zwischen euch?" Am liebsten würde sie diesem Kerl sein Grinsen aus dem Gesicht schlagen.

„Und auf ein Neues: Geht dich nichts an. Abgesehen davon, dass es dich nichts angeht, versuchst du dich an alle Frauen so ran zu machen, die dir über den Weg kommen?"

„Nur die hübschen und mystischen. Und du bist

hübsch und mystisch."

„Glaubst du wirklich, dass du so eine rumkriegst?"
Beth überkreuzt ihre Arme und lehnt sich an die
Fahrstuhlwand.

„Bisher hat es bei allen funktioniert." Er hört einfach
nicht zu grinsen auf. Und sie kann nicht aufhören sich
Möglichkeiten auszudenken, wie sie ihm sein Grinsen
austreiben kann.

„Dann hatten die alle wohl nicht sehr viel im Kopf.
Oder bist du zufälligerweise reich und prallst damit?
Da draußen gibt es ja noch genug solcher Tussen, die
sich gerne einfach auf anderen ausruhen. Oder trägst
du zufälligerweise eine Uniform? Im Krieg sind ja
genug nur aus dem Grund Soldat geworden, weil
Frauen auf Männer mit Uniform standen."

„Hübsch, mystisch, schlau und mit einer eigenen
Meinung, gefällt mir. Und um ehrlich zu sein, trage ich
wirklich eine Uniform." Er überkreuzt ebenfalls seine
Arme und lehnt sich an die Fahrstuhlwand. Vorher
schaut er nochmal nach unten ehe er wieder zu Beth
aufsieht, sein Grinsen scheint dabei jedoch nur noch
größer zu werden.

Beth verdreht ihre Augen und läuft schnell aus dem
Fahrstuhl, sobald er zum stehen kommt und die Türen
aufgehen.

„Bis zum nächsten Mal", ruft er ihr hinterher.

Sie verdreht nur ihre Augen, dreht sich nochmal in

seine Richtung, ohne anzuhalten, und ruft zurück: „Sicher nicht! Dir will ich ganz sicher nicht noch einmal begegnen." Sie sagte es, ohne zu realisieren, dass er zu ihrer Anfangszeit vor zwei Jahren, eines ihrer ersten Dates war. Aber wer sollte sich auch an alle Männer erinnern? Immerhin hatte sie damals fast täglich neue Männer. Damals hat er jedoch noch woanders gewohnt.

Der Kerl hat eine Wohnung in diesem Loft. Einem schicken Ort, mit Leuten, die Geld haben. Solche Leute kann sie nicht leiden. Sie dreht sich wieder in die Richtung der Glastür, deren Wand ebenfalls aus Glas besteht. Die Sonnenstrahlen erleuchten den großen Eingang mit der hohen Decke und dem Boden aus weißem Marmor. Bevor sie auf dem schwarzen Teppich, der vor der Tür ausgelegt ist, nach draußen treten kann, hört sie noch: „Doch, das werden wir bestimmt mal. So will es das Schicksal!"

1.2

„Wirklich?"

„Ja! Dieser Kerl hat mich wirklich genervt, von der ersten Sekunde an."

Lana nimmt eine Tüte aus dem Hängeschrank und füllt eine Schüssel mit dem Knapperzeug. Sie nimmt sich etwas aus der Schüssel, steckt es sich in den Mund und setzt sich zu Beth auf den Boden. Die Schüssel stellt sie auf dem kleinen Sofatisch ab. Beide lehnen sich an die rote Couch hinter sich. Der Teppich unter ihnen sorgt dafür, dass sich Beth barfuß im Schneidersitz an ihren Platz begibt. Lana hat dafür Socken an. „Wie sah er aus? Sah er wenigstens gut aus? Oder war er so ein alter, reicher Mann, der sich gerne junge, hübsche Mädchen abschleppen?"

„Nein, ich glaube sogar, dass er dir richtig gut gefallen hätte. Blonde Haare und wirklich strahlende Augen. Schlank, aber wirkte auch trainiert. Seine Mimik war auf jeden Fall sehr ausdrucksstark, mit einem breiten, festgeklebten Grinsen im Gesicht.

Sehr flirty. Das hätte dir sicher Spaß gemacht." Beth nimmt sich etwas aus der Schüssel und steckt es sich in den Mund.

„Hört sich schnuckelig an. Was glaubst du, wie alt er wohl ist?"

„Vielleicht ein wenig älter als wir. Zwei Jahre oder so." Beth zuckt mit ihren Schultern.

„Gehst du jetzt von dir oder von mir aus?" Lana steckte sich noch etwas in den Mund und zog eine Augenbraue leicht hoch.

„Von mir."

„Gut, das musst du nämlich dazu sagen, wir sind nämlich auch zwei Jahre auseinander. Und noch so als Frage: Wenn du ihm nochmal begegnen solltest, kannst du ihn dann fragen, ob er auch mit einer neunzehnjährigen etwas anfangen würde? Und wenn ja, kannst du ihn dann nach seiner Nummer für mich fragen?"

„Ich werde ihm ganz bestimmt nicht mehr begegnen!"

„Aber das Schicksal!" Lana drückt ihre Hände an sich und sieht nach oben, als würde sie beten. Daraufhin schlägt ihr Beth ein Kissen gegen das Gesicht. Lana quickt auf, muss aber kurz darauf grinsen.

„Lass uns jetzt lieber den Film gucken." Beth steckt sich erneut was in den Mund und sieht Lana dabei beleidigt an.

„Ist schon gut." Lana grinst und macht den Fernseher an. „Aber noch eine Frage."

„Ja?"

„Hast du für morgen schon was gefunden? Da kannst du wieder nicht hier schlafen. Und ich habe mein Gehalt noch nicht bekommen, das heißt, ich habe auch nicht das Geld, um noch eine Portion für dich zu bezahlen."

„Ich kann mir schnell was organisieren, mach dir da mal keine Sorgen."

„Einstellen will dich immer noch niemand?"

„Nein, ich habe ja keinen festen Wohnsitz, da landet meine Bewerbung immer ganz schnell im Müll, möge es auch nur bei irgendwelchen Aushilfsjobs der Fall sein. Weißt doch, Vorurteile und so."

„Mh, dann solltest du vielleicht doch einfach meine Adresse angeben."

„Dir ist klar, dass ich hier auch eher illegal wohne? Wenn deine Mitbewohnerin nicht so oft weg wäre, dann würde ich nie hier wohnen können. Du hast einfach glück, dass deine Mitbewohnerin ein reiches Flittchen ist, die das, was ich mache, nicht gezwungen, sondern freiwillig tut. Wobei es ja eher mein Glück ist."

„Schon verstanden. Aber bitte nicht so misogyn sein. Frauen dürfen sich sexuell auch ausleben – wie

Männer es meist auch tun, nur ohne dann beleidigt oder bedroht zu werden."

„Gut. Und wenn ich grade so auf mein Handy sehe, dann kann ich nur sagen, dass ich schon meine Bleibe für morgen gefunden habe. Und jetzt lass uns endlich den Film sehen."

1.3

Beth geht in das Café in dem Lana arbeitet. Wenn es Reste gibt, bringt Lana sie mit und die beiden essen es dann als Nachtisch oder Frühstück. Beth bestellt sich einen Kakao und setzt sich ans Fenster, nachdem sie Lanas Laptop an eine Steckdose angeschlossen hat.

Lana kommt mit einer Tasse an ihren Tisch und stellt sie ihr hin. „Ist das mein Aufsatz?"

„Ja. Ich habe ihn schon fast fertig korrigiert."

„Super, danke. Wenn du morgen wieder hier bist, wollen wir danach zusammen einkaufen gehen? Im Anschluss kochen wir zusammen zuhause und reden über den Typen, den du heute abschleppst."

„Geht klar."

„Toll." Lanas kurzer Pferdeschwanz schwingt mit ihrer Schürze, als sie sich umdreht, um lächelnd eine Bestellung an einem anderen Tisch aufzunehmen. Dazu hat sie bereits einen kleinen Block und kurzen Bleistift aus der Tasche ihrer Schürze beim Gehen geholt. Vorher dreht sie sich jedoch nochmal kurz um und sagt: „Ach übrigens, da fällt mir grade was ein. Ich habe ein wenig rumerzählt, dass du meine Texte Korrekturliest und etwas aufbesserst, nachdem die anderen aus meinem Kurs wissen wollten, warum ich immer so gute Noten bekomme. Da haben ein paar gefragt, ob du das nicht auch bei ihnen machen könntest – gegen Bezahlung."

„Ja, natürlich", wird Beth hellhörig und stimmt zu. „Preise können wir uns ja dann noch überlegen – abhängig, von der Länge und den Seiten."

„Ist gut." Damit geht sie und nimmt Bestellungen auf.

Beth sitzt erst seit zehn Minuten an der Arbeit, ist jedoch bereits völlig darin vertieft. Wie immer sitzt sie direkt am Fenster, weil sie da alleine auf einem Hocker sitzen kann und weil sie das Licht dort am besten findet.

Sie ist so sehr in die Arbeit vertieft, dass sie gar nicht mitbekommt, wie der blonde Kerl vom Vortag über den Bordstein läuft, sie entdeckt und sofort in das Café tritt und sich einen Kaffee bestellt. Sie bemerkt ihn erst, als er sich mit dem Kaffee neben sie setzt und sie begrüßt. „Hallo, schöne, mystische, kluge und willensstarke Frau. Was machst du denn heute Schönes?"

„Was willst du hier?" Beth wirft ihm nur einen kurzen Seitenblick zu, widmet sich dann jedoch wieder der Arbeit.

„Nur einen Kaffee trinken und vielleicht möchtest du mir dabei ja etwas Gesellschaft leisten?" Wieder hat er dieses Grinsen im Gesicht.

„Nein, danke. Ich bin beschäftigt und deinen Kaffee kannst du auch da hinten in der Ecke trinken." Sie deutet mit ihrem Finger über ihre Schulter nach hinten, ohne von dem Bildschirm wegzusehen.

„Nein, ich bin lieber in deiner Gegenwart. Um ehrlich zu sein, habe ich dich nicht erst gestern gesehen."

Nun schaut sie doch zu ihm. Seine Worte sind doch etwas überraschend. Im Hintergrund kann sie Lana auf ihn deuten und mit Gestiken fragen, ob er der Kerl ist, von dem sie gesprochen hatten.

Beth deutet Lana eine Zustimmung zu und widmet sich schnell wieder dem Kerl zu, ehe er sich umdrehen und Lana entdecken kann. „Was genau meinst du damit?"

„Ich habe dich vor etwa zwei Jahren auf einem Date getroffen und du bist genauso am nächsten Tag abgehauen, wie du es gestern bei diesem Kerl gemacht hast. Meine Nachricht hast du auch ignoriert, doch dann habe ich dich vor ein paar Wochen wieder gesehen – Schicksal – und habe es wirklich faszinierend gefunden, wie konzentriert und gewissenhaft du arbeiten kannst. Und du sahst sehr klug aus. Ich dachte mir, dass du alles um dich gar nicht mitbekommst und ob ich das vielleicht ändern kann. Ich habe gesehen, wie viel du liest. Und meine Vermutung, dass du klug bist, hat sich ja auch bestätigt."

„An dich kann ich mich nicht erinnern. Und statt dich vorzustellen, gibst du mir irgendwelche scheinbaren *Komplimente* und glaubst wirklich, dass ich darauf anspringen würde. Abgesehen davon, warum hast du mich jetzt erst angesprochen?"

„Na ja, ich habe es eben für Schicksal gehalten, als ich dich gestern erneut gesehen habe."

„Glaubst du wirklich an diesen Schicksals-Schwachsinn?"

„Vielleicht." Wieder dieses Grinsen. Mit einem Schluck hat er seinen Kaffee ausgetrunken, legt Trinkgeld neben die Tasse und verabschiedet sich von Beth. „Na dann, bis uns das Schicksal wieder zusammenführt, was doch bestimmt bald so sein wird."

Bevor Beth etwas darauf erwidern kann, ist er bereits mit einem letzten Blick in ihre Richtung aus dem Café verschwunden.

Lana kommt schnell zu ihr. „Der sieht echt gut aus. Und du hast ihn gar nicht für mich gefragt." Sie nimmt die Tasse und steckt das Trinkgeld ein.

„Tut mir leid, ich habe das ganz vergessen, so sehr hat er mich genervt. Und so gut sieht er nun auch nicht aus." Beth winkt schnell ab, doch Lana widerspricht ihr.

„Er sieht mehr als nur gut aus. Hast du etwa keine Augen im Kopf. Abgesehen davon warst du nicht genervt von ihm, das habe ich dir doch angesehen. Du hast vielleicht so getan, aber du fandest ihn doch eigentlich ganz toll, besonders, als du gehört hast, dass er dich bereits seit einer Weile beobachtet und mit ihm sogar schon mal auf einem Date warst! Und du findest es toll, dass er so sehr auf deine Stärken achtet und diese auch direkt anspricht. Wie zum Beispiel, dass du klug bist und willensstark hat er doch auch gesagt. Oh! Und er findet dich hübsch! Auf eurem Date warst du bestimmt auch ganz schlau unterwegs."

„Du musst arbeiten, sonst bekomme ich noch deinen Job. Außerdem gebe ich mich auf Dates nie klug, weil das die Kerle abschreckt, wenn sie sich nicht als etwas Besseres empfinden können."

„Nein, weil du keinen festen Wohnsitz hast. Und auf deine letzte Aussage gehe ich am besten gar nicht erst ein." Lana grinst sie an und verschwindet schnell, bevor Beth noch etwas nach ihr werfen kann.

Beth schüttelt nur mit ihrem Kopf und widmet sich wieder der Arbeit.

Als sie fertig ist, packt sie alles zusammen und steckt es in ihre Tasche. Sie bringt Lana ihre Tasse. „Ich geh nochmal zu dir und mach mich für nachher fertig. Kann ich solange nochmal deinen Schlüssel bekommen? Ich bringe ihn dir dann."

„Geht klar, dann kann ich wenigstens dein Outfit vorher nochmal sehen. Oh, nimm dir das blaue Kleid aus meinem Schrank und die silberne Kette mit dem kleinen Baum, das würde dir bestimmt richtig gut stehen."

„Ist gut." Beth nimmt den Schlüssel über die Theke entgegen. „Bis dann."

„Bis dann."

1.4

„Woah! Schick!" Lana sieht Beth mit strahlendem Gesicht an. Sie läuft um die Theke und sieht sich ihre Freundin genauer an.

„Hier, dein Schlüssel."

„Danke. Und jetzt dreh dich mal."

„Was?"

„Dreh dich mal."

Beth sieht sie irritiert an, macht aber, was von ihr verlangt wird.

„Toll, das sieht wirklich toll aus. Das musst du unbedingt bei eurer Begrüßung machen."

„Ich will aber nur eine Bleibe für die Nacht und nicht eine Liebe fürs Leben."

„Schade. Warum willst du eigentlich nichts Festes? Das hast du mir immer noch nicht gesagt. Ich meine, nachdem, was du mir alles erzählt hast, kann ich es irgendwie nachvollziehen, aber man kann es nach so langer Zeit doch nochmal versuchen."

„Falsche Zeit und falscher Ort", meint Beth nur

ernst als Antwort.

„Aber du erzählst es mir irgendwann?"

„Ja. Aber jetzt muss ich los, sonst komme ich noch zu spät."

„Ist gut."

Die beiden drücken sich aneinander und geben sich einen Kuss auf die Wange.

„Bis morgen."

„Bis morgen."

Beth brauchte nicht lange, bis sie bei dem Restaurant ankam. Ihr Date war auch bereits da. Ein schüchterner Kerl. An einen wie ihn, war sie bis dahin noch nicht geraten.

Sie versucht ein Gespräch zu führen, während er nur auf ihr Aussehen achtet. Ganze Zeit hört sie nur Komplimente, wie hübsch sie ist. Auf die Versuche von Beth, ein tiefgründiges Gespräch zu führen, geht er gar nicht ein. Auch danach läuft es nicht sehr gut. Er bezahlt zwar die Rechnung, doch es kommt nicht dazu, dass sie mit zu ihm gehen kann.

Nun läuft sie sinnlos durch die Straßen und überlegt sich, wo sie die Nacht über schlafen könnte.

Die Nacht ist frei von Wolken, die Sterne scheinen wunderschön. Sie sieht etwas am Himmel, doch ehe sie genauer hinsehen kann, wird sie bereits von der

Seite angesprochen.

„Da hat das Schicksal wohl wieder entschieden." Sein Grinsen muss ihm auf sein Gesicht gebrannt sein, denn einen anderen Gesichtsausdruck hat sie bisher noch nicht bei ihm gesehen.

„Was willst du denn hier?"

„Ich wollte gerade nach Hause. Aber jetzt habe ich ja dich gefunden."

„Und ich gehe auch schon weiter."

„Oder du gehst mit zu mir. Ich kann echt gute Spagetti kochen."

„Ich war grade schon essen und Spagetti kommen nur in kochendes Wasser."

„Dann komm doch trotzdem zu mir. Wir können uns ja ein wenig kennenlernen. Und die Spagetti mache ich auch selber."

„Warum willst du mich unbedingt kennenlernen? Gibt es dafür irgendeinen bestimmten Grund?" Sie bleibt stehen und er tut es ihr gleich. Sie muss nach oben sehen, weil er einen halben Kopf größer als sie ist.

„Das habe ich dir doch schon gesagt: Du bist klug und willensstark. Du hast eine eigene Meinung. Ich habe nicht viele Frauen gesehen, die so sind. Die meisten versuchen, einem schöne Augen zu machen oder sich einzuschleichen. So bist du nicht." Er versucht nach ihrer Hand zu greifen, erst möchte sie

sie wegziehen, doch da hält er sie bereits. Seine Hand ist schön warm und angenehm, weswegen sie ihre nicht wegzieht. „Wir können es ja wenigstens versuchen und wenn du dann immer noch nicht möchtest, dann akzeptiere ich das und lasse dich für immer in Ruhe."

„Ich überlege es mir." Sie nickt leicht und geht dann weiter den Weg entlang. Das Wasser weiter weg schimmert leicht, durch die Sterne, die sich darauf reflektieren.

„Dann warte ich so lange." Er grinst, steckt sich seine Hände in seine Hosentasche und läuft rückwärts weiter, während er spricht. Danach dreht er sich um und verschwindet in der Nacht.

Beth bleibt stehen und sieht ihm hinterher. Ein leichtes Grinsen schleicht sich auf ihr Gesicht. Als sie es bemerkt, hört sie sofort auf und geht wieder rückwärts zu der Brücke, die ein paar hundert Meter entfernt ist. Dort geht sie bis unter die Ecke, beobachtet ein wenig das Wasser und schläft dann ein.

1.5

Beth wacht durch einen Hund auf, der mit seinen Herrchen und Frauchen spazieren geht. Sie kann sein Hecheln bis zu ihr hoch hören.

Langsam öffnet sie ihre Augen und geht zu dem Café, in dem Lana an diesem Tag früher arbeiten und im Anschluss zur Uni muss.

„Hey, einen Kakao mit Schuss bitte." Beth lehnt verschlafen an der Theke.

„Kakao kann ich dir geben, den Schuss musst du leider selber dabeihaben – was du aber sicher nicht hast. Und seit wann trinkst du Alkohol?" Lana macht ihr den Kakao zurecht und sieht sie grinsend an. „Abgesehen davon: Wie siehst du eigentlich aus? Hast du heute unter einer Brücke geschlafen?"

„Ja." Beths Stimme ist noch ein wenig kratzig.

„Oh, das war eher als ein Scherz gemeint."

„Mh-mh."

„Du siehst wirklich übel aus. Trink den Kakao, werde dabei etwas wach und dann gebe ich dir meinen Schlüssel. Geh duschen und nimm dir eins meiner Shirts und die schwarze Jogginghose."

„Geht klar."

Lana überreicht ihr die weiße Tasse.

„Danke."

„Kein Ding."

Langsam läuft sie auf einen Tisch in den hinteren Ecken zu. Das helle Licht mag sie nicht, wenn sie erst wach geworden ist. Aber in den Ecken ist es schön dunkel. Da gefällt es ihr am besten.

Sie setzt sich gerade völlig entkräftet mit einem starken Ausatmen hin, als sie durch einen Lauten Knall von der Eingangstür aufschreckt.

Ein Kerl mit schwarzer Maske und Waffe ist reingestürmt und zielt damit direkt auf Lana, die sofort zu weinen anfängt und ihre Hände in die Luft hält.

„Geld her! Alles!", schreit der Maskierte und wirft ihr einen Sack zu. Sie fängt ihn auf und geht zur Kasse. Eine andere Kellnerin hat sich unter der Theke versteckt und die Gäste sind entweder unter die Tische gekrochen oder haben sich auf den Boden geworfen.

„Bitte nicht schießen. Bitte nicht schießen. Bitte nicht schieße", sagt Lana die ganze Zeit, während sie das Geld in den Sack steckt.

„Halt die Klappe, sonst erschieß ich dich!", kommt die Antwort von dem Kerl.

Lana hört nicht auf, so sehr steht sie unter Stress. Sie zittert ganz furchtbar und ihr Blick ist ganz verschwommen von den vielen Tränen. Sie möchte sich gerade die Sicht mit ihrem Arm befreien, da deutet es der Maskierte falsch und löst aus Reflex einen Schuss. Schnell schnappt er sich den Sack und flüchtet nach draußen, während das ganze Café von Schreien erfüllt ist. Lana ist beim Schuss nach hinten gefallen und liegt nun blutend am Boden. Sie steht völlig unter Schock und kann noch gar nicht realisieren, was da passiert ist.

Beth ist überhaupt nicht mehr müde, stattdessen ist sie hellwach und stürmt vor zu Lana, raus aus ihrer Ecke. „Lana! Lana!" Sie wirft sich zu ihr auf den Boden und sieht Lanas blutende Schulter an. Schnell zieht sie sich ihre Strickjacke aus und drückt sie auf die Wunde. Tränen fließen bei ihrem Anblick über Beths Wangen. Überall ist Blut. Die Jacke saugt es wie ein Schwamm auf.

Die andere Kellnerin zittert stark und kann sich gar nicht vom Fleck rühren. Sie hat Tränen in den Augen und sieht aus, als würde sie noch zur Schule gehen. Ein hellblondes Mädchen mit Schulterlangen Haaren in einen Zopf gebunden.

Einer der Gäste kommt Beth bereits zur Hilfe und ruft den Notruf an.

Nach zehn Minuten ist er da und nimmt Lana mit. Beth möchte mit einsteigen.

„Sind sie mit ihr Verwandt?", fragt einer der Sanitäter, während sie in den Krankenwagen die verwundete Lana transportieren.

„Nein, aber ihre Freundin. Ich weiß wer sie ist, wo sie wohnt und ihre Versicherungsnummer."

„Beth! Beth!", ruft Lana verschreckt. Sie möchte ihre Freundin bei sich haben, was auch der Sanitäter bemerkt und nur seufzend zustimmt.

„Na gut, dann komm mit."

„Danke! Danke! Vielen Dank!" Beth springt schnell in den Wagen und hält Beths Hand. Lana drückt fest zu. Sie hat Angst.

„Werde ich sterben?" Ihre Stimme ist ganz hysterisch. Der Schmerz ist das Schlimmste, was sie je erlebt hat.

„Nein. Das wird wieder; du wirst überleben, ganz bestimmt."

„Ja?"

„Ja."

„Okay." Lana schluchzt erneut, scheint erleichtert, doch Beth gehen alte Bilder durch den Kopf.

Schmerzhafte Bilder. Sie sieht aus dem Fenster, die Straße lang.

Im Krankenhaus sitzt Beth auf dem Flurboden und wartet darauf, dass Lana fertig behandelt wird. Ihren Kopf lehnt sie an ihre angewinkelten Knie.

„Nein, gerade wird sie noch behandelt."

„Dann müssen wir eben warten und sie danach befragen."

Beth sieht auf, denn eine Stimme kommt ihr bekannt vor. Und da sieht sie ihn plötzlich vor sich stehen. Überrascht sieht er zu ihr runter.

„Oh, hey. Was machst du denn hier?"

„Meine Freundin wird gerade …" Sie sieht etwas an ihm, was ihre Trauer und Sorge in Hass umwandeln lässt. Ihr Versprechen strahlt in roter Leuchtschrift in ihrem Kopf. Die Stimmen ihrer Freunde drängen sich dazu.

Eine Polizeiuniform.

„Du bist Polizist."

„Ja. Du weißt doch sicher noch, dass ich gesagt habe, dass ich eine Uniform trage." Wieder dieses Grinsen, nur, dass er sie diesmal noch etwas erwartend ansieht. Beth glaubt sich beinahe zu übergeben, besonders, als sie den Namen auf seinem Schild sieht.

Zumann.

„Du bist Polizist." Sie steht auf. Wie in Trance sieht sie ihn an.

„Ja, wie bereits gesagt." Er bemerkt, dass etwas nicht stimmt und zum ersten Mal kann sie einen anderen Ausdruck in seinem Gesicht sehen, als dieses blöde Grinsen. „Sag mal, ist alles in Ordnung mit dir? Du wirkst irgendwie so seltsam."

„Du bist Polizist." Schnell stürmt sie davon, hoch aufs Dach. Hauptsache raus.

„Hey, kannst du hier mal kurz alleine die Stellung halten?", fragt er seinen Kollegen, der nur nickt. Schnell folgt er Beth aufs Dach.

„Hey, sag mal, was hast du denn gegen mich?"

Beth dreht sich zu ihm um und legt sich ihre wehenden Haare hinter ihre Ohren. Ihren Atem versucht sie unter Kontrolle zu bekommen. „Du bist Polizist."

„Und? Was hast du gegen Gesetzeshüter?"

„Alles! Weil ihr keine Gesetzeshüter, sondern Gesetzesverbrecher seid! Ihr seid das aller mieseste! Nichts anderes, als Verbrecher mit Macht und einem Staat, der sie deckt!" Ihre Stimme wird lauter.

„Was meinst du denn damit? Wir fangen die Verbrecher und bringen sie hinter Gitter, was du sagst, das macht überhaupt keinen Sinn."

„Ach ja? Denn ich habe genug gesehen, um das Gegenteil zu bestätigen. Aber, ach ja, da gibt es ja nochmal einen Unterschied. Natürlich seid ihr so, wenn es um weiße Menschen geht, aber wehe, jemand ist es nicht! Dann kann man ja grundlos jemanden erschießen oder es als unwichtig erachten, dass da ein Kind verblutet und sich noch darüber beschweren, dass man selber dafür in Schwierigkeiten kommen könnte, statt darüber, dass man ein Mörder ist!" Ihre Stimme ist so laut zum Schluss, dass sie wohl in der ganzen Stadt zu hören ist. Ihr Kopf ist ganz rot und ihre Haare hängen ihr im Gesicht. Ihre Hände sind zu Fäusten geballt und ihre Nägel haben sich in ihre Haut gegraben.

„Das hört sich doch völlig schwachsinnig an. Wie kommst du denn auf so eine idiotische Idee? Wir sind doch nicht mehr in den 80ern."

„Wie kannst du es wagen! Ich habe es selbst ansehen müssen! Ach und noch etwas: Ist dein Vater zufälligerweise Polizist?" Sie überkreuzt ihre Arme und kommt langsam und bedrohlich auf ihn zu – beunruhigend empfindet er es zwar, jedoch nicht bedrohlich.

„Woher …?"

„Dein Vater hat meinen Bruder erschossen! Er ist diese Person gewesen! Ein Mörder! Und es war ihm egal! Und meinen Freund hat er bedroht! Einen achtjährigen Jungen! Er hat einen achtjährigen Jungen erschossen und sich über die möglichen Schwierigkeiten beschwert! Eine Freundin hat er angeschossen, die davon ein lebenslanges Trauma erlitten hat, bis sie sich deswegen irgendwann umgebracht hat!"

„Das glaube ich nicht! Mein Vater war nie ein schrecklicher Mensch. Er hätte so etwas niemals getan."

„Aber dieser Mann hieß Zumann! Und jetzt weiß ich auch endlich, was da an dir war, was ich nicht mochte. Du hast Ähnlichkeit mit ihm und ich hasse diesen Mann! Ich hasse ihn so unfassbar! Und du bist sein Sohn! Und Polizist! Und ich hasse Polizisten!"

„Wenn du der Meinung bist, dass alle Polizisten Verbrecher sind, ist es nicht auch derselbe Gedankengang, dass Menschen glauben, dass alle Schwarze Verbrecher sind?"

Beth wusste erst nicht, was sie darauf antworten sollte. „Aber Polizisten werden bei ihren Verbrechen geschützt, die sie willkürlich begehen, während die Schwarzen es eigentlich nicht wollen, aber darauf angewiesen sind, um ihre Familie zu ernähren." Sie geht ohne ein weiteres Wort und ohne einen weiteren Blick an ihm vorbei, zurück in das Gebäude, um zu sehen, ob Lana besucht werden darf. Während er nur wortlos zurückbleibt und sich ihre Worte noch einmal durch den Kopf gehen lässt. Bedrückt sieht er ihr nach.

1.6

Beth läuft in Lanas Zimmer. Eine Schwester hat sie gerade fertig versorgt.

„Hey", sagt Beth mit grüßender Hand, als sie in das Zimmer und auf Lanas Bett zu kommt.

„Hey", erwidert Lana freudig und setzt sich in dem Bett auf. Sie spürt die Schmerzen wegen der Schmerzmittel noch nicht.

Beth sieht sich kurz um und meint dann: „Sieht hier irgendwie trostlos aus. So grau. Und warum sind die Gardienen zu? Da kommt ja gar kein Licht hier rein. Und ein Bild oder so hätten die hier ja schon mal hinhängen können. Oder zumindest die Wände hätten bemalt werden müssen."

„Ach, Beth, das geht schon. Ich bin doch sowieso nicht lange hier, nur diese Nacht und morgen werde ich schon wieder entlassen. Ich muss nur ab und zu zur Nachuntersuchung kommen. Und da werde ich nicht im Krankenhaus übernachten. Du kannst die Nacht über mein Bett haben, da musst du nicht auf der Couch schlafen."

„Dann hat es also etwas Gutes, dass du angeschossen wurdest", versucht Beth zu scherzen, doch ein richtiges Lächeln bekommt sie doch nicht auf ihre Lippen.

„Na für dich auf alle Fälle." Lana lacht leicht, doch dann schmerz ihre Schulter, sie zischt und hält sich ihre Schulter.

„Alles gut?" Beth hört auf zu grinsen und sieht besorgt zu Lana. „Hast du denn gar kein Schmerzmittel bekommen?"

„Doch, grade ging es ja auch noch, aber es lässt scheinbar bereits nach. Solange werde ich bestimmt nicht arbeiten können."

„Ich könnte ja deine Schichten solange übernehmen, bis du wieder in der Lage zum Arbeiten bist. Und solange kannst du dich ja auf die Uni konzentrieren."

„Das wäre super. Da-" Bevor sie weitersprechen kann, kommen bereits zwei Männer in Uniform herein, darunter der Mann mit den blonden Haaren.

„Hallo, mein Name ist Officer Zumann und das ist mein Kollege Officer Blackwood."

Lana greift nach Beths Hand, die sie fest drückt und ihr einen flehenden Blick zuwirft, sie nicht zu verlassen. Was Beth sicher nicht tun würde.

„Keine Angst, wir sind nur hier, um sie ein bisschen

zu dem Vorfall zu befragen."

Lana nickt und antwortet auf alle Fragen. Die Sonne geht bereits unter und es geht solange, bis irgendwann eine Schwester reinkommt und sagt, dass die Besuchszeiten um sind.

„Wir sind sowieso fertig. Falls Ihnen noch etwas einfällt, dann rufen Sie uns bitte an."

Die beiden Männer verlassen das Zimmer und lassen die beiden Frauen zurück.

„Dann wird es wohl Zeit", meint Beth.

„Ja ..." Lana guckt etwas deprimiert, fragt dann aber noch, ob Beth sie zu ihrer Entlassung abholen kann und ob sie ihr auch frische Sachen und ihre Zahnbürste mitbringt.

„Natürlich. Sobald ich da bin, packe ich dir alles zusammen und tauche morgen auf, sobald ich dich wieder besuchen darf. Wenn du möchtest, dann regle ich auch das mit deinem Chef."

„Nein, ich rufe ihn gleich an und sagen ihm, dass du als Ersatz einspringst."

„Ist gut." Beth umarmt Lana.

„Dann bis morgen."

„Bis morgen. Und wenn du noch etwas brauchst solltest, dann ruf mich an oder schreib mir eine Nachricht."

„Ist gut." Die beiden winken sich nochmal zu und dann verschwindet Beth rückwärts aus dem Zimmer.

Sobald sie die Tür schließt, atmet sie erschöpft aus. Es ist ein anstrengender Tag gewesen.

„So schlimm?"

Erschrocken dreht Beth sich um, nur um Zumann zu sehen. „Was willst du jetzt noch?" Ihre Stimme ist finster. Sie hat nicht damit gerechnet, ihn nochmal zu sehen. Er nervt sie nur noch.

„Ich wollte nochmal mit dir reden, über das, was auf dem Dach geäußert wurde."

„Muss es denn jetzt sein? Ich bin wirklich erschöpft." Beth fühlt sich, als würde sie dringend ins Bett müssen, so erschöpft ist sie.

„Dann morgen."

„Ich hole Lana morgen ab."

„Wann dann?"

„Warum willst du überhaupt nochmal darüber reden? Ich will nämlich nichts mehr mit dir zu tun haben. Nie wieder. Und du hast gesagt, dass du mich in Ruhe lässt, wenn ich nicht möchte."

„Ich habe dir bereits gesagt, dass ich wirklich Interesse an dir habe. Außerdem willst du nur kein Kontakt, weil ich Polizist bin. Das finde ich diskriminierend. Wenn du darüber nachdenkst und mich besser kennenlernst, dann wirst du sehen, dass es nicht so schlimm mit mir ist. Ich bin eigentlich ein sehr netter Kerl."

„Ja, eine richtige Grinsebacke. Ein Grinsen, das

festgeklebt ist. Aber du hast noch etwas Wichtiges ausgelassen, nämlich, dass dein Vater meinen Bruder erschossen hat und es nicht als Fehlverhalten wahrgenommen hat und sich stattdessen noch beschwert hat und ein totes Kind auch noch schlecht geredet hat." Zum Ende hin wird sie wieder etwas lauter.

„Ich bin nicht mein Vater. Und wenn es dich glücklich macht: Er wurde bei einem seiner Einsätze von einem Jungen umgebracht, der unter einem Schub stand. Der Drogenrausch hat sein Gehirn so sehr vernebelt, dass er sich selber auch so stark verletzt hat – ohne es mitzubekommen – dass er sich dabei selber umgebracht hat."

„Irgendwie hilft das wirklich." Beth sieht auf den Boden und blinzelt ein paar Mal. Irgendwie fühlt sich ihr Herz leichter an. Eine Art Schadenfreude? Vielleicht. Aber es half ihr. Aber findet sie es überraschend?

„Ich finde es nicht so toll, dass du nichts mit mir zu tun haben willst, weil du meinen Vater hasst. Ich bin nicht er. Und du musst ihn auch nie wieder sehen. Versuch es wenigstens. Gib mir eine Chance."

„Okay. Ich weiß aber nicht, wann wir nächstes Mal reden können. Ich werde mich jetzt viel um Lana kümmern müssen, bis es ihr wieder besser geht. Aber ich gebe dir meine Nummer. Ich kontaktiere dich dann, wenn ich wieder mehr Zeit habe." Beth wirkt immer erschöpfter. Vielleicht ist sie davon so sehr benebelt, dass sie gar nicht wirklich merkt, was sie da tut. Wenn sie bei Verstand gewesen wäre, dann hätte sie eher gesagt, dass er sich einfach auf sein scheiß Schicksal verlasen soll.

„Wirklich? Warte." Schnell holt er einen Stift und Zettel aus seiner Tasche.

Beth diktiert ihm ihre Nummer, verabschiedet sich und verschwindet dann aus dem Krankenhaus.

In Lanas Wohnung packt sie alles zusammen, macht sich Bett fertig, stellt sich einen Wecker, um so früh wie möglich ins Krankenhaus zu gehen und legt sich dann zum Schlafen in Lanas Bett. Vorher sieht sie noch einmal auf ihr Handy. Eigentlich will sie nur ihre Dating-Apps durchsehen, doch dann sieht sie eine Nachricht auf dem Bildschirm aufleuchten.

Diesmal nehmen wohl wir das Schicksal in die Hand.

Beth liest die Nachricht, braucht einen Moment, bis ihr Gehirn es verarbeiten kann und macht dann einfach ihr Handy aus, macht die Augen zu und versucht zu schlafen. Doch die Nachricht geht ihr nicht aus dem Kopf, weswegen sie wieder drauf sieht, nur um ihr Handy wieder wegzulegen. Sie denkt über den Kerl nach. Hat er ihr überhaupt schon seinen Namen gegeben? Seinen Vornamen natürlich. Wenn sie sich an ihr Date mit ihm erinnern könnte, dann sicher auch an seinen Namen. Sie kann sich nicht daran erinnern.

Sie kann an gar nichts anderes mehr denken. Eigentlich will sie gar nicht an ihn denken und erst recht nicht schreiben. Doch dann schreibt sie ihm doch.

Wie heißt du?

Sofort bekommt sie die Antwort.

Will

Beth muss über seinen Namen nachdenken. Das Lied oh Tannenbaum, sowie Schneeflöckchen Weißröckchen gehen ihr plötzlich durch den Kopf. Ihre Eltern kommen ursprünglich aus Deutschland, weswegen die Lieder eine besondere Bedeutung für sie haben. Auch, weil sie im Winter geboren ist. Sie hat jedenfalls ein wenig Deutsch von ihren Eltern gelernt, da sie im betrunkenen Zustand im Kopf ihre Sprache nicht mehr umwandeln konnten. Bei seinem Namen muss sie nun etwas lachen, ehe sie ihm noch eine Nachricht schreibt.

Guck mal bei deinem Namen nach der Bedeutung. Hört sich Deutsch und lustig an.

Habe ich gerade getan. Hört sich wirklich lustig an. 😊 *Deiner auch?*

Eigentlich kann er sich noch an ihren Namen erinnern, doch er will ihre Form von Unterhaltung nicht bereits enden lassen.

Nein. Ich habe einen schlichten, amerikanischen Namen.

Will ist auch amerikanisch.

Aber auf Deutsch kann man da auch Verwechslungen mit reinbringen.

Zum Glück sind wir in Amerika.

Beth hatte ein wenig über Deutschland gelesen. Sie wäre vielleicht lieber in Deutschland aufgewachsen. Sie hat sich in den letzten Jahren auch die Sprache auf einem hohen Niveau angeeignet. In Deutschland sind nicht so viele Waffenangriffe und die Gesetze und Regeln sind anders. Und der Kinderschutz hat ein höheres Niveau. Vielleicht würde es ihr da besser gefallen. Vielleicht sollte sie ja rückwandern.

Beth

Was?

Ich heiße Beth.

Sie schickt die Nachricht ab, macht ihr Handy aus, legt es zur Seite, guckt noch einmal geradeaus und lässt sich das alles nochmal durch den Kopf gehen. Den ganzen Tag. Und dann muss sie an Will denken. Ein leichtes Lächeln legt sich auf ihre Lippen, ehe sie ihre Augen schließt und einschläft.

1.7

Sobald der Wecker klingelt, springt Beth aus dem Bett und macht sich so fix wie möglich fertig. Sie isst nicht mal, um sich Zeit zu sparen. Die Tasche, die sie am Abend zuvor gepackt hat, schnappt sie sich und wirft sie über ihre Schulter. Unterwegs guckt sie auf ihr Handy. Ihr Herz macht einen kleinen Tanz, als sie die Nachricht von Will sieht.

Warum haben sie dir nicht einfach einen deutschen Namen gegeben?

Schnell tippt sie eine Nachricht.

Sie fanden den Namen einfach schön.

Da haben sie recht. Es ist ein schöner Name.

Beth muss grinsen. Sie steckt ihr Handy zurück in ihre Tasche und steigt bei der nächsten Haltestelle aus. Den restlichen Weg läuft sie.

Es dauert nicht lange, bis sie am Krankenhaus ankommt und in Lanas Zimmer stürmt.

„Beth!"

„Lana!"

Beide heben strahlend ihre Arme und umarmen sich fest.

„Bin ich froh, dass du da bist. Hast du meine Sachen mit? Natürlich hast du meine Sachen mit."

„Ja, genau hier." Beth zieht die Tasche von ihrem Rücken vor und platziert sie auf Lanas Bett. Sofort greift Lana danach und holt ihr Zahnputzzeug vor. Sobald sie es hat, steigt sie aus dem Bett und geht in das Bad, um sich frisch zu machen.

„Dein hübscher Kerl ist also Polizist", versucht Lana ein Gespräch aufzubauen.

„Ja, leider."

„Ja, da war ja was." Die beiden hatten bei ihrem Kennenlernen und ihrem Freundschaftsaufbau viel über ihre Kindheit gesprochen und über Dinge, die sie bedrücken, ihnen schwerfallen oder etwas für sie bedeuten. Daher weiß Lana auch, dass Beth Polizisten aufs Tiefste hasst.

„Aber ich habe ihm aus einem dummen Grund trotzdem meine Nummer gegeben. Ich war wohl einfach nicht wach genug, um mitzubekommen, was ich da getan habe. Aber nun ist es zu spät, um es rückgängig zu machen. Und wie soll ich es sagen …

Irgendwie gefällt es mir … mit ihm zu schreiben." Je mehr Beth sagt, umso mehr guckt sie entweder zur Decke oder auf den Boden, Hauptsache nicht zu Lana, und spielt nervös mit ihren Fingern.

Nach einer Weile sieht Beth doch zu Lana, weil diese keinen einzigen Ton von sich gibt. Beth sieht auf und Lana regt sich keinen Millimeter mit weit geöffnetem Mund. Ihre Augen sehen aus, als würden sie jeden Augenblick rausfallen.

„Du hast dich nicht verhört. Und du kannst dich gerne wieder bewegen und deinen Mund schließen oder blinken, bevor dir ein Insekt ins Auge fliegt oder in den Mund und du es verschluckst."

„Tut mir leid, aber das musste erstmal in meinem Gehirn ankommen und verarbeitet werden. Besonders, weil sich das nach etwas Ernstem anhört. Und dann noch ein Polizist!"

„Ja, ich kann es ja selber noch gar nicht richtig glauben. Also so gar nicht glauben. Wenn ich so darüber nachdenke … Was habe ich mir nur dabei gedacht!? Oh Gott! Ich sollte das Ganze sofort unterbinden."

„Nein, auf gar keinen Fall. Du bist doch so glücklich damit. Sieht zumindest so aus."

„Habe ich schon erwähnt, dass es sein Vater war, der Liam …" Beth stoppt kurz. „… der Liam erschossen hat." Sie muss schlucken, doch dann geht es wieder.

Lana kommt zu ihr und umarmt sie. Als sie sich wieder etwas voneinander lösen, sehen sich die beiden direkt in die Augen.

„Macht er dich glücklich? Zumindest so glücklich, wie man sein kann, wenn man jemanden erst kennengelernt hat."

„Ich glaube schon. Ich muss zumindest bei seinen Nachrichten grinsen und mein Herz klopft dann etwas aufgeregt."

„Dann lass es dir deswegen nicht vermiesen. Und so wie ich das gesehen habe, hat er sich voll in dich verliebt, nicht verknallt, verliebt."

„Wie kommst du darauf?"

„Weil er während der Befragung kaum seine Augen von dir lassen konnte."

„Hat er nicht."

„Hat er wohl. Du hast es nur nicht mitbekommen, weil du zu besorgt um mich warst und du immer zu nur zu mir geguckt hast."

„Ja?"

„Ja. Und er sah mitgenommen, vielleicht auch etwas besorgt aus. Hattet ihr Streit?"

„Kann man so sagen, aber es sieht so aus, als wäre das jetzt erledigt."

Die beiden gehen aus dem Bad und Lana packt ihre Dreckwäsche in die Tasche, sowie ihr Zahnputzzeug, nachdem sie sich fertig gemacht hat.

„Hast du alles?" Beth sieht sich im Zimmer um, während sie ihre Arme überkreuzt.

„Ich denke schon. Der Arzt müsste gleich auch noch reinkommen und mich entlassen."

Nachdem der Arzt da war und sie noch ein paar Sachen unterschreiben musste, wurde sie entlassen. Als sie wieder zuhause waren, zogen sie sich Kuschelsachen an, machten sich ihre Couch bequem, stellten sich Snacks bereit und machten sich einen Film an.

Nun machen sie sich über ein paar der Figuren lustig und versuchen sich erst einmal wieder in ihrem Leben einzupendeln. Sie sprechen nur mal kurz über das, was geschehen ist und auch, warum Beth nichts Festes möchte, kommt nach dem Film zur Sprache.

„Dann schieß mal los", sagt Lana, steckt sich noch was in den Mund und dreht sich zu Beth.

„Du weißt doch, was in meinem Leben so passiert ist. Und daher könntest du es dir eigentlich denken. Naja ... Ich habe einfach riesige Verlustängste. Ich bin ein riesengroßer Pechmagnet, der alles um sich den Untergang bringt."

„Aber das war doch alles nicht deine Schuld. Du bist kein Pechmagnet."

„Und was war dann das gestern? Du wurdest angeschossen. Dass ich mit dir befreundet bin ... Ich hätte dich einfach in Ruhe lassen sollen."

„Nein, hör auf. Es ist nicht deine Schuld. Ich bin außerdem die Person gewesen, die dich nicht in Ruhe gelassen hat. Ich habe mich dir aufgedrängt. Ich habe ja gesehen, in was für einer Lage du warst und was du getan hast. Und jetzt sieh uns an. Wir sind beste Freunde. Und ich lebe noch. Ich werde schon nicht sterben. Na irgendwann schon, jeder stirbt irgendwann – außer diese ewig lebenden Quallen. Aber es wird sicher nicht deine Schuld sein. Denk nicht so schlecht über dich."

„Du glaubst also wirklich, dass ich es versuchen sollte?"

„Ja! Lass dich darauf ein und hör auf, so deprimiert zu sein."

„Ist gut. Dann lasse ich mich wohl auf etwas ein, was ich niemals wieder vor mir haben wollte."

1.8

Beth hat sich darauf eingelassen. Über Wochen und Monate hat sie mit Will geschrieben und für Lana alles erledigt, was sie nicht konnte. Sie hat sogar viel Trinkgeld bekommen.

„Ich habe noch nie so viel Geld bekommen", meinte Beth deswegen einmal.

Der Junge, der Lana angeschossen, und das Café ausgeraubt hat, wurde festgenommen und sitzt für fünf Monate ein.

Beth hat sich bereits ein paar Mal mit Will getroffen. Es war schön. Die beiden verstehen sich sehr gut miteinander.

Lana geht es soweit wieder gut. Sie hat ihren Job wieder zurück. Und immer, wenn Beth nicht bei ihr Übernachten kann, dann geht sie mittlerweile zu Will und hat aufgehört, fremde Kerle zu treffen. Und auch, wenn Beth es nicht für möglich gehalten hat, so scheinen Will und sie nun ein Paar zu sein. Lana hat es unfassbar gefreut, an der Beziehung von ihnen hat es jedoch nichts geändert. Es ist sogar so, dass Will sagte, dass Lana beim nächsten Essen vorbeikommen könnte. Daher haben die drei einmal gemeinsam gegessen und treffen sich hin und wieder öfter mal. Lana und Will verstehen sich sehr gut miteinander und sind gute Freunde. Beth freut das natürlich und ihr Leben kommt ihr nach all den Monaten endlich vollends erfüllt vor.

Zumindest solange, bis jemand aus ihrer Vergangenheit wieder in ihrem Leben auftauchte.

1.9

„Hier, guck mal, was in der Zeitung steht." Lana hält sie Beth am Frühstückstisch unter die Nase.

Großentlassung aus Gefängnis!

72 Entlassungen innerhalb der letzten zwei

Monate.

In den letzten zwei Monaten wurden 72 verfrühte Entlassungen durchgeführt. Darunter auch eine Gruppe Drogendealer und Gewalttäter. […]

Der erste Abschnitt beschert Beth bereits ein seltsames Gefühl, doch als sie dann ein paar der Bilder sieht, regt sich etwas in ihrem Magen und ihr Herz fühlt sich plötzlich ganz seltsam an. Auch ihre Atmung hört einen kurzen Moment auf.

„Ich glaub, mir wird schlecht."

„Wieso? Glaubst du, dass die Gegend jetzt unsicherer wird?"

„Nein …" Beth schüttelt leicht ihren Kopf, um es abzutun. „Ich kenne jemanden davon. Aber die Gegend wird sicher auch unsicherer. Der Kerl, der dich angeschossen hat, der ist auch dabei."

„Oh … Aber er sollte doch noch einen Monat länger sitzen?"

„Wie bereits da steht: verfrühte Entlassungen." Beth zeigt auf die Zeile, in der es steht.

„Aber er ist sicher nicht der, den du mit *kennen* meinst?"

„Nein. Er heißt Mike und wurde vor ein paar Jahren wegen Drogenhandels eingebuchtet. Jetzt wird er wohl auch verfrüht entlassen."

„Und das bereitet dir Sorgen?"

„Nein. Ja. Ich weiß es nicht …" Beth ist verwirrt und weiß nicht, wie sie mit der Situation umgehen soll. Erschöpft legt sie ihr Gesicht in ihre Hände.

„Wirst du Will davon erzählen?"

„Ich weiß es nicht. Ich will wahrscheinlich erst mal selber damit zurechtkommen, bevor ich ihm etwas dazu erzähle."

„Hast du denn einmal etwas über deine Vergangenheit erzählt?"

„Ja, in letzter Zeit immer mehr. Und er unterstützt

mich da auch. Er hat mir auch zu einer Therapie geraten. Aber ich kann mir ja nicht einmal mein eigenes Essen leisten, wie sollte ich mir dann eine Therapiesitzung leisten? Und es wird ja sicher nicht bei einer bleiben."

„Hast du denn mal mit ihm über deine aktuelle Situation gesprochen?"

„Ich habe ihm erzählt, dass wir Mitbewohnerinnen wären. Also eigentlich nicht."

„Wir sind ja irgendwie Mitbewohnerinnen. Du stehst eben nur nicht im Vertrag. Und die, die im Vertrag steht, ist so gut wie nie da."

„Wenn du das so sagst …"

Die beiden müssen grinsen.

„Aber jetzt mal im Ernst: Rede mit Will. Leg die Karten offen auf den Tisch. Rede mit ihm über deine Situation und auch Sorgen. Mit euch scheint es ja doch etwas sehr Ernstes zu sein."

„Du hast Recht. Aber ich glaube, ich muss mit ihm zuerst über etwas anderes reden." Beth sieht auf den Tisch und spielt ein wenig an der Tischdecke rum.

„Und was?" Lana sticht sich mit ihrer Gabel ein wenig Rührei auf und steckt es sich in den Mund."

„Ich habe seit zwei – nein, drei – Monaten …" Sie stoppt und schaut kurz auf. Lana guckt sie mit großen Augen an und stoppt zu kauen. Langsam kaut sie weiter schluckt, fängt zu grinsen an, umarmt Beth und quietscht freudig. Als sie sich wieder von Beth löst, sieht sie sie strahlend an. „Ist das wahr? Bist du schwanger?"

„Ich bin mir nicht sicher. Aber es kann sein. Ich hatte kein Geld für einen Test."

„Dann komm mit. Wir gehen sofort einen kaufen." Lana springt von ihrem Stuhl auf und möchte Jacke und Schuhe gleichzeitig anziehen, hat jedoch bei ihrer Hektik Schwierigkeiten damit.

„Halt. Halt. Halt. Lana, lass uns doch erstmal essen. Und die Dinger kosten doch ein Stück. Gib nicht immer dein Geld für mich aus."

„Na gut, dann eben nach dem Frühstück." Sie zieht ihre Sachen wieder aus und setzt sich zurück zu Beth an den Tisch. „Aber ich lasse mir nicht von dir vorschreiben, für was ich mein Geld ausgebe. Abgesehen davon schmeißt du im Gegenzug den Haushalt und hilfst mir unfassbar doll mit meinen Uni-Aufgaben. Und du weißt ja gar nicht, wie gerne ich Tante wäre. Und wenn ich Tante werde, dann möchte ich natürlich auch wissen, ob ich Tante werde. Und wenn ich es werde, dann wirst du keine Ruhe mehr vor mir haben."

„Ich bin mir nur nicht so sicher, ob ich dann unbedingt mit Will über meine Situation sprechen möchte." Beth wirkt bedrückt und Tränen scheinen sich in ihren Augen zu bilden.

„Aber warum denn?“ Lanas Euphorie wird durch Beths Stimmung gedrückt.

„Ich meine … Kommt es denn nicht so rüber, als würde ich ihn nur ausnutzen wollen? Ich habe so viele Typen gedatet. Und ich habe keinen Abschluss, keinen Wohnsitz, keinen Job; bin einfach komplett Mittellos … Glaubt er nicht, dass ich ihn nur ausnutzen will?“

„Nein. Du achtest immer auf Verhütung und er weiß auch, dass du dich eigentlich nicht auf ihn einlassen wolltest. Er würde sich bestimmt freuen.“

„Sicher?“ Beth sieht Lana mit gläsernen Augen an. Mit einem Ärmel wischt sie sich die Tränen weg und schnieft kurz.

„Ja! Absolut! Und jetzt iss schnell auf, damit wir diesen Test kaufen und direkt benutzen können. Wobei ich bei deinem Gefühlsausbruch nicht sicher bin, ob wir den Test überhaupt noch brauchen werden.“

Beth wischt sich noch eine Träne weg und fängt an zu grinsen. Lana legt eine Hand auf ihren Rücken und grinst mit ihr mit.

„Dann mal los.“

1.10

Beide hängen sprachlos über dem Schwangerschaftstest.

„Mutter ...“

„Tante ...“

„Mutter.“

„Tante.“

„Mutter!“

„Tante!“

„Ich werde Mutter!“

„Ich werde Tante!“

Beide sehen sich an. Dann umarmen sie sich voller Freude und hüpfen kreischend auf und ab.

„Mein Gott ... Ich werde Mutter.“ Beth setzt sich ganz bleich auf den Boden. „Ich weiß doch gar nicht, was ich machen soll. Wie ist man denn Mutter? Meine Mutter war nie eine Mutter. Und die Personen, die sich wie meine Mütter verhalten haben, haben immer gewechselt und sind tot.“

„Du schaffst das schon. Und ich bin ja auch noch da.

Aber rede am besten erstmal mit dem Vater, der wird sich bestimmt auch liebevoll um das Kleine kümmern wollen." Lana legt Beth ihre Hand auf die Schulter und setzt sich neben sie. Sie legt ihren Kopf auf ihrer Schulter ab und bekommt dafür einen Kopf gegen ihren gelehnt.

„Wird wohl so sein." Beth starrt leer auf den Badezimmerboden. „Aber wenn er es nicht tut, dann kann ich mich immer auf dich verlassen?" Beide heben ihre Köpfe und sehen einander an.

„Aber natürlich. Und wenn dir jemals was passieren sollte, dann würde ich es auch wie mein eigenes großziehen. Aber ich hoffe natürlich, dass wir zusammen alt werden."

„Hoffentlich."

1.11

Beth und Lana sind gemeinsam auf dem Weg zu Will. Er ist noch auf Streife, doch in seiner Pause treffen sich die drei zusammen. Dort erzählen sie ihm dann, von der freudigen Nachricht. Im ersten Moment ist er überrascht, doch dann ist er so fröhlich, dass er vom Tisch des Cafés aufspringt, in dem sie in diesem Moment waren und sich was kleines zu essen bestellt haben, und wirbelte sie wie wild um sich.

„Ich werde Vater! Ich werde Vater!" Sobald er Beth wieder runterlässt, hält er sie dennoch fest an ihren Händen. Eindringlich sieht er Beth in die Augen und sagt nochmal etwas ruhiger und leiser: „Ich werde Vater."

„Und ich werde Mutter."

Die drei fangen davon zu reden an, wie es in Zukunft weiter gehen soll. Sie reden auch darüber, Lana vielleicht mit zu Will zu nehmen, denn Beth würde mit dem Baby sowieso zu ihm ziehen und Lana und Beth gehören zusammen. Über ihre Situation hat

Beth jedoch noch nichts gesagt. Aber es war unwahrscheinlich, dass es Will stören würde. Wahrscheinlich würde er das mit der Wohnsituation ohnehin praktisch finden, dass sie direkt zu ihm ziehen konnte und der Rest würde sich mit dem Wohnsitz, den sie dann dadurch hätte, sowieso ergeben.

Die drei reden noch freudig miteinander, doch irgendwann bemerkt Beth ein beunruhigendes Gefühl und guckt aus dem großen Fenster, welches das Zimmer eigentlich hell und warm erleuchtet, doch als Beth raussieht wirkt alles plötzlich eisigkalt. Ihr selber läuft auch ein kalter Schauer den Rücken runter.

Mike.

Beht sieht ihn.

Und er sieht sie.

Er wirkt düster, besonders, weil er Will sieht. Will in seiner Uniform. Will, den man klar als Polizisten identifizieren kann. Und das Versprechen aus ihrer Kindheit scheint wie ein Spukgespenst im Zimmer umherzufliegen und alles in Eis zu verwandeln.

Wie viel hat er wohl mitbekommen? Er sieht so finster aus. Doch dann geht er einfach weiter.

Beth versucht nicht weiter darüber nachzudenken, sieht wieder in die Runde, die ihren Zustand nicht bemerkt hat und einfach weiter über die Zukunft gesprochen haben, und klingt sich wieder in das Gespräch ein.

Mike ist weggelaufen, doch ihr seltsames Gefühl, ist nicht mit ihm verschwunden.

1.12

Beth und Lana sind gerade unterwegs und gucken in verschiedenen Läden nach Babysachen. Die beiden haben Spaß, aber Beth kommen immer wieder Sorgen auf, nur um von Lana wieder aufgemuntert zu werden. Immer wenn Beth bedrückt scheint, kommt Lana und spricht ihr gut zu.

„Ich glaube, wir haben genug rumgeguckt", meint Lana.

„Ist gut." Beth möchte gerade aus dem Laden, da huscht Lana nochmal zurück, nur um kurz darauf wieder neben Beth zu stehen.

„Wir können ja nicht ohne etwas gehen. Ein kleiner Anfang sollte wenigstens gemacht werden." Lana holt etwas kleines aus einer genauso kleinen, braunen Papiertüte.

„Ein Schnuller. Und mit einer Sonne."

„Weil du mir immer den Tag erhellst. Du bist meine Sonne. Und dieses Kind wird deine Sonne. Natürlich wirst du auch für das Kind die Sonne sein. Aber

Mütter sind normalerweise immer die Sonne von einem. Also, wenn man jetzt mal die Ausnahmen weglässt."

Beth muss lächeln und all ihre Sorgen scheinen mit einem Mal verschwunden zu sein. „Oh danke, Lana." Beth umarmt ihre Freundin und versucht ihre Tränen zurück zu halten, was ihr jedoch nicht gelingt. Sie umarmen sich fest, als würde es das letzte Mal sein. Beth kommt es jedenfalls so vor und sofort beginnt die Sorge in ihrem Inneren wieder zu wachsen.

„Dann mal los, wir müssen Sachen für den Umzug packen", meint Lana in dem Augenblick, als ein Krankenwagen in voller Geschwindigkeit und in entsetzlichen Tönen an ihnen vorbei rast. Es ist wie ein Signal direkt an Beth gerichtet. Und nicht weit entfernt, kann sie Mike sehe, wie er ihr ein Zeichen gibt und dabei breit grinst. Sie sieht das Blut an ihm kleben. Kurz darauf ist er verschwunden und damit löst sich ihre Trance. Sofort sprintet sie dem Krankenwagen hinterher.

„Beth! Beth! Was ist los?" Lana rennt ihr darauf hinterher, kann jedoch nicht verstehen, was es zu bedeuten hat.

„Will."

„Was?"

„Ich glaube, etwas ist mit Will geschehen."

„Wie kommst du darauf?"

„Es ist einfach so ein Gefühl."

Lana sagt nichts weiter, versucht nur mit Beth Schritt zu halten, die so schnell rennt, als würde ihr Leben davon abhängen.

Doch es ist nicht ihr Leben, das am seidenen Faden hängt.

Es ist Wills.

„Will!" Beth kreischt seinen Namen aus tiefster Seele, als sie ihn blutüberströmt sieht. Sie rennt auf ihn zu. Lana dafür bleibt vor Schock schweratmend stehen und kann sich nicht mehr regen. Ihre Augen sind schreckgeweitet.

„Will!" Beth kommt neben der Trage an, auf dem er verfrachtet wurde und in dem Moment zum Krankenwagen geschoben wird.

„Wer sind Sie?", möchte einer der Sanitäter ernst wissen. Er versucht professionell und schnell zu handeln. Gerade hebt er die Trage in den Krankenwagen, mit Hilfe seiner Kollegen.

„Seine Freundin … und die Mutter seines zukünftigen Kindes."

Der Sanitäter sieht sie kurz an. „Hören Sie."

„Ja?"

„Wäre es in Ordnung für Sie, wenn wir Sie nicht mitnehmen würden? Wir brauchen wirklich Platz und müssen nun viel tun, um ihn möglichst am Leben zu erhalten. Aber Sie können gerne hinterherfahren. Haben Sie ein Auto?"

„Nein, aber meine Freundin. Sie kann fahren, es ist nicht weit entfernt."

„In Ordnung, dann fahren Sie uns einfach hinterher."

Beth nickt.

„Beth!", kann sie Wills Stimme schmerzverzerrt hören. Schnell eilt sie zu ihm.

„Ja, ich bin hier." Sie nimmt seine Hand, die sich in die Luft erhebt.

„Greif in meine Tasche."

Sie tut, was er sagt und hervor kommt ein kleines Kästchen.

„Mach es auf."

Beth nickt und hervor kommt ein Ring.

„Willst du mich heiraten?"

„Ja, Will! Ich will!"

„Dann steck ihn an, ich bin leider nicht in der Lage dazu." Er versucht zu grinsen, zischt dann jedoch voller Schmerz. Er hat nicht einmal mehr die Kraft, nach Beth zu greifen.

„Wir müssen jetzt wirklich los", sagt der Sanitäter und deutet Beth, dass sie gehen soll.

„Ist gut. Will ich fahre euch nach, wir sehen uns im Krankenhaus." Sie drückt ihn ein letztes Mal und küsst ihn auch noch mal. Dann steigt sie aus dem Wagen, in den sie Will gefolgt ist.

„Lana! Lana! Wir müssen da hinterherfahren." Beth stürmt auf Lana zu.

„Geht es … Geht es ihm gut? Du hast doch mit ihm gesprochen, dass heißt doch, dass es ihm zumindest nicht so schlecht gehen kann. Oder? Das ganze Blut muss doch nichts heißen, oder? Und was ist überhaupt mit ihm passiert? Warum ist er verletzt?" Lana steht so unter Schock, dass sie nur drauf los reden kann.

„Ja, er kann noch reden, er hat nur etwas Blut verloren. Es sieht schlimmer aus, als es ist. Beruhige dich erstmal, wir sollen hinterherfahren."

Lana nickt und sie laufen schnell zum Auto. Lana zittert zwar noch etwas, doch sie scheint sich bereits etwas beruhigt zu haben.

Beide folgen dem Krankenwagen, machen ein wenig Musik rein, um sich zu beruhigen, denn Musik hilft den beiden immer, wenn sie sich beruhigen wollen. Dann singen sie immer mit und lassen ihre Gefühle raus, um nicht alles in sich reinzupressen und fast durch zu drehen. Auch nun tun sie es. Sie fangen irgendwann sogar an, wieder etwas zu grinsen. Es geht ihnen wirklich besser. Und sie reden bereits darüber, dass es Will sicherlich bald ebenfalls wieder besser gehen wird.

„Heiraten! Ihr werdet heiraten! Ihr bekommt ein Kind und zieht zusammen! Und ihr werdet heiraten!" Lana gickst vor Freude. „Nun muss er nur wieder gesund werden, was sicher ein paar Wochen dauert. Oder ihr heiratet einfach im Krankenhaus. Das wäre bestimmt eine schöne Geschichte, wenn eure Kinder einmal fragen sollten, wie eure Hochzeit war. Oder wenn sie sich Bilder von der Hochzeit angucken und ihr ihnen dazu was erzählt."

„Wir haben da ja noch gar nicht drüber reden können. Und so bald werden wir es wohl erstmal nicht. Er wird erst muss er wieder fit genug werden und dann sehen wir weiter. Aber ich freue mich schon darauf."

„Glaube ich dir. Aber ich werde deine Brautjungfer und -zeugin und alles an Wichtigkeit, die du brauchst! Und solltest du Widerworte geben – die du eh nicht geben wirst – dann lasse ich sie nicht zu."

„Natürlich. Und ich bin mir sicher, dass du mir eine wundervolle Hochzeit planen wirst."

„Aber sowas von!"

Die beiden kommen auf eine lange Straße, außerhalb ihres kleinen Ortes. Und ihre muntere Stimmung wird mit einem Schlag im Winde verweht. Oder besser gesagt: in einem Schuss.

1.13

Ein schwarzes Auto überholt Lana und Beth mit rasender Geschwindigkeit. Als er auf gleicher länge zu dem Krankenwagen ist, ertönt ein lauter Schuss und der Wagen fängt zu schlingern an, fährt dann gegen ein Geländer und überschlägt sich. Ein entsetzlicher Krach. Nach dem Krankenwagen, wird das schwarze Auto langsamer und fährt auf Höhe zu Beth und Lana.

Beth bekommt große Augen, darauf zieht sie ihre Augenbrauen besorgt zusammen.
„Mike", sagt sie leise und Lana sieht verschreckt zu ihr, dann zwischen dem schwarzen Auto und Beth hin und her.
„Du kennst den Kerl?"
„Das ist Mike."
„Der im Gefängnis gelandet ist?"
„Ja."
„Scheiße."
„Und jetzt?"

„Ich weiß nicht."

„Dann ..." Beth holt schnell ihr Handy hervor. Noch nie in ihrem Leben hat sie die Polizei angerufen. Sie hat alles alleine regeln wollen, denn wegen ihrem Hass war sie der Meinung, dass sie ohnehin keine Hilfe bekommen würde, doch nun würde sie es zum ersten Mal anders machen. Also ruft sie an und versucht zu sagen, was geschieht. Ihr wird nur mitgeteilt, dass jemand so schnell wie möglich auf dem Weg zu ihnen ist.

„Lana, Will ... er ..." Beth sieht zu dem überschlagenen Krankenwagen, doch in dem Moment ertönt ein lauter Knall und sie kann nur sehen, wie Mike, allen Anschein nach, eine Bombe auf die Stelle geworfen hat, an der ihr Verlobter liegt. Sie schreit erschrocken.

„Was? Was ist passiert?" Lana wird nun ebenfalls etwas hysterisch.

„B- ... Bom- ... Er hat eine Bombe auf ihn geworfen." Beth weint, doch ehe sie weiter auf ihren zersprengten Verlobten achten kann – und die anderen Menschen, die mit in dem Krankenwagen waren, um ihn zu versorgen – sieht sie Mike mit Wut, aber auch einem Grinsen im Gesicht, und schneller fahrend auf sie zukommen.

„Fahr schneller ..." Ihre Stimme ist leise und heiser, dass Lana sie nicht verstehen kann.

„Was?" Kurz sieht sie zu Beth.

„Fahr schneller!"

Sofort nimmt sie an Tempo zu, doch Mike auch und er hat ein Auto geklaut, das schneller ist. Daher ist es auch kein Wunder, dass sie wieder einen Knall hören, doch auch einen Ruck spüren.

Beth und Lana gucken kurz nach hinten.

„Er ist uns aufgefahren!"

„Ich weiß."

„Will er uns umbringen?"

„Keine Ahnung!"

„Wie lange sollen wir das noch aushalten?"

„Ich weiß nicht. Wir müssen ihn irgendwie loswerden." Beth sieht noch mal nach hinten und Mike ist dabei, noch einmal den beiden aufzufahren.

„Beth, ich habe Angst." Lana sieht zu Beth, Tränen sind in ihren Augen zu erkennen und laufen ihr auch die Wange hinunter. Ihre Stimme ist höher als üblich.

„Ich auch."

„Wenn mir irgendwas passieren sollte."

„Nein! Sag das nicht!"

„Du bist die Einzige, die mich jemals so genommen hat, wie ich bin. Meine Eltern haben immer riesengroße Ansprüche über mich erhoben und mir mein Leben vordiktiert. Ich dachte immer, dass mein Leben schrecklich wäre, doch dann habe ich dich getroffen. Du bist der tollste und bewundernswerteste Mensch, der mir je über den Weg gelaufen ist. Was du alles geschafft hast. Ich bewundere dich wirklich und du bist meine Seelenverwandte. In einem anderen Leben, da werden wir uns bestimmt irgendwann wiedersehen, doch ich glaube, dass das ... das Ende sein wird." Lana kann nicht aufhören, zu weinen, sagt einfach, was ihr auf dem Herzen liegt und Beth hört einfach nur zu. Auch sie ist Tränen überströmt.

„Versprich mir, dass wir uns in unserem nächsten Leben wiederfinden werden und wieder so zusammen sein werden, wie wir es jetzt sind."

„Ich verspreche es dir."

Ein neuer Schlag, gegen den Lana diesmal nicht ankommt, da dabei einer ihrer Reifen platzt und sie die Kontrolle über das Auto verliert.

Sie rasen direkt auf einen Baum zu und krachen dagegen, dabei schlägt die Scheibe wegen eines Astes ein, der Lanas Brust sofort durchbohrt.

Beth hebt ihren angeschlagenen Kopf hoch, sie hat an der Seite eine leichte Platzwunde, das Blut läuft ihr die Seite runter. Sie sieht zur Seite auf Lana, als sie ihren Kopf hebt. Doch da sieht sie nur das Schreckensbild, das sich vor ihr abspielt. Und sofort ist ihre Benommenheit verschwunden.

„Lana! Lana!" Beth wird lauter, bis sie kreischt, doch Lana nimmt nur ihre Hand von Beths Bauch, den sie versucht hat, zu schützen, und nun stattdessen nach Beths Hand zu greifen.

Schnell nimmt Beth ihre Hand entgegen und drückt sie. Tränen laufen ihre Wange hinunter.

Lana dreht ihren Kopf langsam in Beths Richtung. Blut läuft aus ihrem Mund und Tränen strömen ihre Wange hinab. Sie versucht zu sprechen, kann es jedoch nicht, sie kann kaum richtig atmen.

„B … eth …" Lana röchelt.

„Nicht sprechen, das strengt dich zu sehr an."

„Du bleibst … auf Ewig … meine Schwester …" Und dann erschlafft ihre Hand. Kein Atmen. Kein Regen. Keine Worte mehr.

Beths Augen können nicht mehr aufhören, zu tränen.

Will ist tot.

Und nun ist Lana ebenfalls tot.

Und sie ist wieder alleine.

1.14

„Raus da!"

Beth sieht zur Seite. Sie sieht ihren Kindheitsfreund und erste Liebe. Die letzte Person, aus ihrer Vergangenheit, die noch lebt und ihr etwas bedeutet hat. Mike hat bei ihnen geparkt und versucht nun Beth aus dem Auto zu bekommen.

„Ich kann nicht." Beths Augen sind verschleiert, ihre Stimme schwach.

„Raus da!" Mike hält eine schwarze Waffe in seinen Händen, eine von diesen ganz langen, großen. Er lässt sie einmal nachspringen und eine leere Patronenhülse fällt auf den Boden.

Beth sieht Mike an und fragt sich, wie jemand sich so sehr verändern kann oder ob er insgeheim schon immer so war.

„Okay, dann helfe ich eben nach." Er reißt die Tür auf, doch Beth regt sich immer noch nicht.

„Jetzt steig aus!"

Beth schüttelt leicht mit ihrem Kopf, ihr Wille zu

leben ist wie ausradiert. Sie hat alles verloren, warum sollte sie weiter machen?

„Sag mir, warum? Und woher wusstest du, wo wir sind?" Beth will Antworten. Sie will wissen, warum Mike ihr alles zerstören musste. Oder war sie einfach selber schuld? Sie war ein Pechmagnet, das war ihr schon immer bewusst.

„Einer aus dem Knast hat von einem Mädchen erzählt, das er angeschossen hat. War ein schmächtiger Junge, hat mich ein wenig an mich erinnert. Ich wollte mir das Ganze mal ansehen und dann habe ich dich bei diesem Café gesehen. Erst dachte ich mir, was ein riesiger Zufall das doch ist, ob das Schicksal uns irgendwie zusammenbringen wollte. Ob wir vielleicht doch noch einmal eine Chance nach all den Jahren bekommen würden." Mike sieht kurz nach oben in den hellen, blau strahlenden Himmel. Es wirkt so, als müsste er sich eine Träne verkneifen. Dann sieht er sie wieder mit diesem finsteren Blick an. Seine Augen sind voller Hass. „Doch dann sehe ich nicht nur dich. Ich sehe dich mit diesem Kerl! Und das aller Schlimmste an der Sache ist, dass er ein Bulle ist. Und du! Du hast einfach unser Versprechen gebrochen. Du hast das Versprechen von uns allen gebrochen." Mit seinem Finger zeigt er mehrfach auf sie. Er ist völlig aufgebracht. „Du hast deinen Bruder verraten!"

„Nein ..." Beth fängt zu weinen an. „Ich wollte nicht ... Wirklich ..."

„Ach ja? Und warum bist du dann mit diesem Kerl zusammen – gewesen?"

„Es hat sich einfach so ergeben. Erst wollte ich nichts von ihm wissen, doch er hat es immer wieder versucht und dann ... ist es einfach passiert."

„Es ist einfach passiert? Soll ich dir das jetzt wirklich glauben? Denn so wie ich das gesehen habe, saht ihr zwei ganz schön vertraut miteinander aus."

„Ja, jetzt, aber ..."

„Nein! Und dann ist das ja noch nicht alles."

„Was meinst du?" Ihre Stimme ist schwach, ihr Hals ganz ausgetrocknet.

„Ich habe es gesehen."

„Was?"

„Sein Namensschild. Du hast deinen Bruder nicht nur verraten, du hast ihm noch viel Schlimmeres angetan! Du hast dich mit dem Feind vereinigt! Statt Rache zu nehmen und den Kerl zu töten, der für das alles verantwortlich ist."

„Ich habe Rache genommen! Ich bin für den Tod seines Vaters verantwortlich! Ich habe einen Plan gehabt, der niemals auf mich zurückführen würde! Ich habe Informationen gesammelt, über all die Jahre, wer durch ihn noch leiden musste. Und dann habe ich diese Informationen an andere weitergegeben."

„Ich glaube dir nicht! Ich glaube dir kein einziges Wort!"

„Glaub, was du willst, aber das ist die Wahrheit!"

Mike sieht sie an, wie ihre Augen glänzen, ihre Haare von dem leichten Wind wehen. Er findet sie so wunderschön, wie an dem letzten Tag, an dem er sie gesehen hat.

Ein kurzes Nicken, obwohl er selber auch so gehandelt hat – aber wahrscheinlich rechnet er es ihr wohl genau deswegen an – dann legt er die Waffe ab und beugt sich über sie, um sie von ihrem Gurt zu befreien. Nur um …

„Ahh! Ahh! Ahh!" Er springt aus dem Auto und hält sich seinen blutenden Bauch, der von einer großen Scherbe durchbohrt wurde.

„Was hast du getan? Du Verräterin!"

Beth atmet schneller, grinst ihn an, sitzt immer noch auf dem Beifahrersitz. „Ich habe vielleicht für die anderen nichts tun können" Eine leichte Träne rollt ihre Wange hinab. „doch ich kann mich wenigstens für Lana rächen. Und für den Verlust, den mein ungeborenes Kind erleiden musste."

Er sieht von seiner Wunde zu Beth auf, seine Augen sind dabei geweitet. Er liegt am Boden, sein Oberkörper ist jedoch etwas angehoben. Mike sieht aus, als könnte er nicht glauben, was er da gehört hat.

Er sieht auf Beths Bauch, den sie sich mit ihrer linken Hand hält, während die rechte kraftlos nach unten hängt.

„Du kleine …! Ahh!" Er bäumt sich auf, immer mehr Blut verliert er und er hat furchtbare Schmerzen. Die schlimmsten, die er jemals hatte.

„Du wirst das nicht überleben." Beth grinst, doch am liebsten würde sie weinen. Es war und ist einfach alles so furchtbar. Wie kann das Leben nur so gegen einen spielen?

Und sie hat recht, denn erst hat er nicht mehr die Kraft, sich aufrecht zu halten und dann wird er immer schwächer. Solange reden die beiden jedoch noch etwas miteinander.

„Ich habe dich wirklich geliebt." Mike sieht in den Himmel, eine Träne läuft im zur Seite runter. Er hält sich immer noch seine Wunde, während er auf seinem Rücken liegt.

„Ich dich auch."

„Warum muss alles nur so …"

„Ich weiß auch nicht." Beth sieht ebenfalls in den Himmel.

„Was ist mit Carly?"

„Sie ist an Krebs gestorben."

„Also sind wirklich nur noch wir übrig."

„Nein. Denn du wirst ja auch sterben."

„Stimmt. Also bleibst nur noch du."

„Ja." Beth gehen die Bilder aus ihrer Kindheit durch den Kopf. Die Zeit mit ihren Freunden. Das Leben. Und sie muss wieder zu weinen beginnen.

„Mike?"

„Findest du den Himmel nicht auch wunderschön?"

„Ja. Wunderschön."

Einen Augenblick sehen sie nur in den Himmel. Ein paar Wolken sind dabei, sich zu bilden.

„Mike?" Eine Art der Hoffnung breitet sich in ihr aus. So gerne hätte sie diese Zeit zurück. Was, wenn er doch überleben würde? Könnten sie diese alte Zeit wieder zurückholen? Könnten sie ein friedliches Leben führen? Und was würde aus ihrem Kind werden?

„Mike?" Beth dreht ihren Kopf in seine Richtung, weil er ihr nicht antwortet.

„Mike?"

Immer noch keine Antwort.

Sie versucht aus dem Auto zu steigen und zu ihm zu kommen. Ihre Beine sind schwach, der Schock ist noch nicht ganz aus ihrem Körper gewichen. Sie hält sich immer noch ihren Bauch, doch abgesehen von der Kopfverletzung, scheint ihr nichts passiert zu sein.

Als sie neben Mike ankommt und auf ihn heruntersieht, kann sie bereits erahnen, dass er tot ist. Beim hinknien und nachtasten, weiß sie es dann

mit Sicherheit.
  Sie ist alleine.

Prolog

Beth steht am Rande der großen Brücke, sie sieht der Sonne dabei zu, wie sie ihre warmen Strahlen beim Untergehen auf sie wirft.

Die Polizei ist die ganze Zeit über noch nicht gekommen, wahrscheinlich sind sie zu abgelegen und Beth hat zu wenig Informationen über ihren Standort Preis gegeben – oder es falsch weitergereicht. Aber das war sowieso unwichtig.

Sie hat nochmal nach Will gesehen … aber da gab es nichts mehr zu machen. Sie konnte nur auf ihren Verlobungsring sehen und weinen.

Ihre erste Liebe hat sie verloren.

Ihre zweite Liebe ist verschwunden.

Und ihre dritte Liebe … zerstört.

Nun steht sie da, mit dem Schnuller in der Hand, auf dem eine Sonne abgebildet ist und dem Ring an ihrem Finger.

Die beiden letzten Gegenstände, die sie von ihren

Liebsten bekommen hat.

Doch nun hat sie niemanden mehr. Daher steht sie auf dieser Brücke und sieht nach unten, hoffend, dass es nicht zu schmerzhaft werden würde, wenn sie runterspringt. Denn so wie es jetzt ist, will sie nicht mehr leben.

Ein letzter Atemzug.

Ein letzter Blick.

„Tu es nicht!"

Beth sieht zur Seite und sieht ein Mädchen mit blondem Haar. Sie sieht noch sehr jung aus, vielleicht auch so alt wie sie. Aber irgendwas an ihr … schien sie an jemanden zu erinnern.

„Warum?", möchte Beth mit Tränen in den Augen wissen.

Das Mädchen kommt auf sie zu und hält ihr ihre Hand hin.

„Ich will nicht, dass es bei dir nicht funktionieren könnte."

„Wovon sprichst du?" Beth versteht nicht, was diese Fremde von ihr will. Doch dann fällt ihr etwas auf.

„Du sprichst Deutsch."

„Ja." Die Fremde kommt noch näher und dann fängt sie plötzlich zu singen an.

„Schneeflöckchen, Weißröckchen
Wann kommst du geschneit
Du kommst aus den Wolken
Dein Weg ist so weit"

Beths Augen werden ganz groß. Woher …?
„Woher …? Wer …?" Beth versucht die richtigen
Worte zu finden, so überrascht ist sie. „Wer bist du?"

„Ich bin deine Mutter."